川本三郎

東京は遠かった

改めて読む松本清張

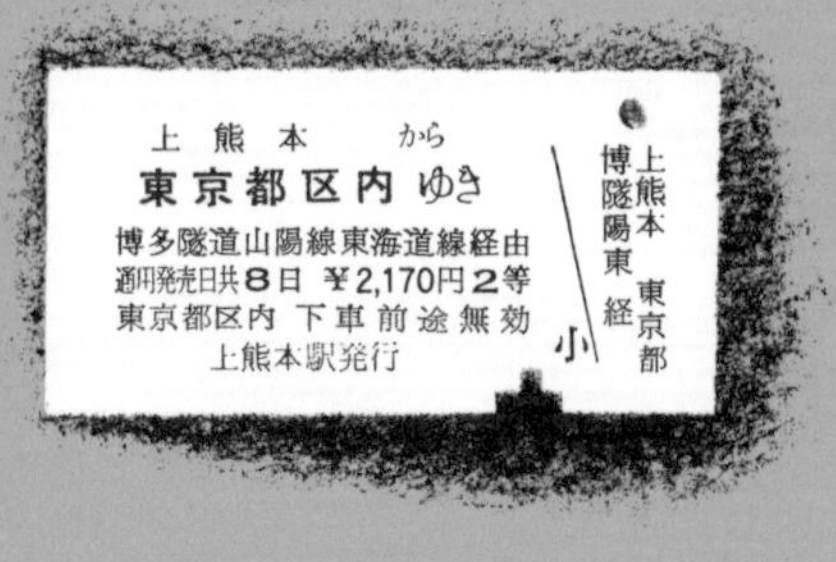

毎日新聞出版

東京は遠かった　改めて読む松本清張

目次

写真　毎日新聞社
本文組版　明昌堂
装丁　重実生哉

第1章 東京へのまなざし

初期作品に見る敗れゆく者たち

――「西郷札」「或る「小倉日記」伝」

松本清張の出世作、昭和二十六年（一九五一）の「週刊朝日」春季増刊号に懸賞小説の入選作として発表された「西郷札《さいごうさつ》」は歴史のなかで敗れてゆく人間の物語である。

主人公の樋村雄吾は幕末に日向国（宮崎県）に武士の子供として生まれたが、十二歳の時に維新（幕府の瓦解）によって家は没落した。第一の挫折である。明治十年、二十一歳の時に西南戦争が勃発し、雄吾は西郷軍に加わって戦うが敗北する。第二の挫折になる。

故郷を捨て東京に出た雄吾は要人暗殺の疑いをかけられ逮捕され、拷問に遭う。挫折が繰り返される。松本清張はこういう世に容れられない人間こそに着目する。その姿勢は一貫している。のちの『ゼロの焦点』の米兵相手の女性だった佐知子も、『砂の器』の音楽家、和賀英良も、同じように敗れてゆく者である。すでに第一作で自分の居場所を定めている。

ようやく釈放された雄吾は「人力車を挽く車夫」になる。同じ年の「くるま宿」にあるように、人力車は明治二年ごろに登場し、明治九年ごろには普及していた。侍の子供が車夫になる。零落である。

車夫になった雄吾は、西南戦争の時に生き別れになっていた美しい義妹、季乃《すえの》と再会する。季乃は新政府の高官、塚村圭太郎に嫁いでいる。車夫となった青年が、高級官吏の妻となった美しい女性と再会する。清張はおそらく樋口一葉の「十三夜」を踏まえている。

季乃と会ったあと雄吾は恩を受けた人間からの頼みで、西郷札の買占めという不正行為に関わってしまう。そして季乃の夫、圭太郎の奸計にはまって敗れてゆく。明治という新しい時代に乗り切れなかった人間の敗残の物語になっている。

もうひとり、この小説には敗者がいる。勝者である筈の圭太郎である。新政府の能吏として権力の側にいる彼もまた、妻の愛情を得られなかった男として敗者といっていい。圭太郎が雄吾を罪に追いこもうとしたのは、雄吾が「色白の好男子」であるのを知り、自分の妻との仲を嫉妬したからに他ならない。その嫉妬から雄吾をおとしめようと図った。悲しい男である。これは「佐渡流人行」の、「色の白い、上背のある青年」と妻の仲を邪推し、異常なまでに嫉妬する黒塚喜介という男にも重なる。嫉妬、そこから生まれる陰惨な復讐心、憎悪は清張文学の特色のひとつになっている。

初期の歴史、時代もの「腹中の敵」は、下賤の者とばかり思っていた木下藤吉郎の影に怯え、敗れてゆく武将の物語だし、「ひとりの武将」もまた、信長の下にいた武将が宿敵へ競争心を抱き、それが憎悪、敵意にもなりついには身を滅ぼしてゆく。

戊辰戦争は内乱であり、勝者と敗者を確然と分けた。新しい時代は勝者にとっては維新（御一新）だったが、敗者にとっては徳川幕府の瓦解である。清張が関心を持つのはあくまでも敗者の側であるのは言うまでもない。「くるま宿」は、新しい世で、しがない車夫をしている男が、実は、旧幕臣だったとわかる物語。この元直参は、徳川幕府に殉じ、自ら零落の道を選んでゆく。その点ではみごとな敗者といえる。

剣の腕が立つことが分かり、車夫より数段いい仕事の話も来るのに、もう自分の時代は終わったと覚悟し、姿を消してゆく。ここにはのちの短篇「駅路《えきろ》」につながる遁世、世捨人への共感がある。「青春の彷徨」に描かれた、九州の耶馬渓の山中に消えていった老夫婦や、「鮎返り」の温泉宿に身を寄せて死んでゆく若い学者の姿にも重なり合う。

作家としてのデビューが四十歳を過ぎてからという遅咲きの清張には、日のあたる場所に生きる者より、日かげで生きる人間のほうにはるかに強い共感がある。

「くるま宿」が、自らの意思で世の中から消えてゆく、みごとな敗者を描いているのに対し、同じ明治初期を舞台にしながら「啾啾吟《しゅうしゅうぎん》」は徹底して暗い敗者の物語である。「オール讀物」の昭和二十八年三月号に発表されたものだが、人気雑誌によくこんな冷え冷えとした救いのない作品が掲載されたと驚く（第一回オール新人杯次席入選作）。

肥前鍋島藩に家老の子として生まれた松枝慶一郎と、下級武士の子、石内嘉門との明暗対照的な生を慶一郎の視点で語ってゆく。

嘉門は慶一郎の従妹を好きになるが、彼女が実は慶一郎の許婚だったと知り、身を引いて脱藩する。嘉門の挫折が始まるが、その根底には、慶一郎が家老の子なのに対し、自分は軽輩の子だという劣等感がある。そのひがみ、恨みが、嘉門の心を歪めてゆく。ここにも下積みの人間の複雑に屈折した負の意識に対する清張のこだわりがある。

維新後、慶一郎は新政府の要職に就く。ある時、イギリスから帰国した慶一郎は、自由党の新聞に自分を攻撃する記事が載っているのを知り、それを書いたのが嘉門ではないかと推測する。記事にはこうあった。

松枝慶一郎は肥前の人間、つとに同藩の大隈重信の推輓を受け、出世している。その大隈が薩長藩閥勢力と争い下野した（明治十四年の政変）。松枝に「一片の情義」があれば大隈に従うべきなのに「自己の保身の為、その仇敵たる薩長に屈し、走狗と為りたるは、何たる破廉恥漢ぞや」。

いわば慶一郎の士としての倫理を問うている。これは福沢諭吉が『瘦我慢の説』で、旧幕臣でありながら薩長が支配する新政府に加わった勝海舟と榎本武揚を批判したことに似ている。士たるものの節操の問題である。清張は「啾啾吟」で、この武士の忠誠心に着目している。士の志を保ったものが失脚し、失ったものが出世してゆく。その理不尽への静かな怒りが「啾啾吟」にはある。

その怒りは、佐賀の乱に敗れ、大久保利通によって捕らえられて、刑死してゆく江藤新平の悲劇を描く「梟示抄《きょうじしょう》」にもあらわれている。ちなみにこの小説の江藤新平を追いつめる大久保利通の執念、酷薄さは、「佐渡流人行」の黒塚喜介と同じで異様である。清張は権力を持った人間の病的なまでの心理にも迫ろうとしている。

芥川賞を受賞した「或る「小倉日記」伝」はいつ読んでも面白い。地方に埋もれた実在の鷗外研究家の生涯を追っている。小倉という故郷を同じくする主人公に、無名時代の自分を重ねているのだろう。鷗外の足跡を辿る主人公、田上耕作の地味な努力に対する共感、愛情が出ていて、「大いなる徒労の物語」であるにもかかわらず、暗さはない。身体に障害のある主人公を最後まで支えた母親の愛情、理解ある友人の友情、研究を支援する医師の温情が作品に暖かさを与えている。

ただやはり地方で埋もれてしまう研究者の無念の悲しさが底に流れていることは否定し得ない。主人公、田上耕作は自分の研究に意味があるかどうか知るために、まったく面識のない東京にいる「詩人K・M」（木下杢太郎）に思い切って研究の意味を問う手紙を書く。

Kから思いがけず激励の手紙が届く。母子は感激する。「母子は顔を見合ったまま、涙ぐんだ」「（母親の）ふじはKの手紙を神棚に上げ、その夜は赤飯をたいた」。

大変な喜びようである。地方にいる無名の青年の研究が、東京（中央）にいる権威に認められた。ここには明らかに地方と東京の格差がある。地方は中央によってしか光を当てられない。東京あっての地方という構図が出来てしまっている。

「或る「小倉日記」伝」の場合は、その構図がいい方向に働いたが、逆にマイナスになってあらわれるのが、杉田久女をモデルにした「菊枕　ぬい女略歴」であり、考古学者の森本六爾をモデルにした「断碑《だんぴ》」であることは言うまでもない。

「菊枕」の、地方に住む中学校の教師の妻であるぬいは、自分の俳句が中央の高名な俳人（高浜虚子）に認められたいと焦り、何通も何通も手紙を書き、かえって遠ざけられ、最後は精神を病んでしまう。「断碑」の木村卓治もまた、中央の権威に認められたいがために、高名な学者たちを批判し続け、ついに志を得られずに死んでゆく。

「西郷札」「啾啾吟」から続く敗北の物語だが、ここにはさらに東京（中央）と地方の格差の問題が浮かび上がっている。当時、小倉にいて中央の文壇に認められたいと思っていた清張自身にとっても切実な問題だっただろう。

「経済白書」が「もはや戦後ではない」と謳ったのは昭和三十一年（一九五六）。松本清張の初期の作品はこの「もはや戦後ではない」と言われるようになった高度経済成長期のとば口で書かれている。豊かさの裏側に厳然とある矛盾、きしみ、歪みに早くから気づいている。

語られることの少ない作品だが、当時の時代状況をよく描いたものに「オール讀物」昭和二十九年六月号に発表された「危険な広告」がある。

地方の新聞社の広告部で働く人間を主人公にしている。彼の仕事は、広告をたくさん入れること。当時、その新聞の夕刊は二頁から四頁に復活した。「読者は久しぶりに昔の新聞の姿を見た。戦争中から戦後にかけて夕刊のなかった時代を考え、世の中の安定を眼前に知らされ、誰もが明るい思いだった」（傍点、引用者）。

「世の中の安定」「誰もが明るい思いだった」。戦後の混乱期がようやく終ろうとしている。新聞の頁が増える。広告部の人間としては広告を増やさなければならない。戦前は新聞経営は販売収入が六割五分、広告収入が三割五分だった。「戦後はそれが半々の割合になっているといわれている。戦時中の荒廃した設備の回復と、相つぐベースアップと、漸く激化してくる販売競争に莫大な資金が必要であった」。

松本清張は新聞社で働いていたからその実情をよく知っているし、その行く末に無関心ではいられなかったのだろう。

広告を増やさなければならない。そんな時に「安全経済会」という新興の利殖組織から広告の話が舞い込む。「資産の利殖、生活の安定」を謳っている。庶民から資金を集め、土地や証券に投資、運用し、出資者に高利の配当金を払うという。平たくいえばおいしい話である。いかにも高度経済成長の時代らしい。主人公の広告部の主任は、広告は欲しいが、そんな利殖組織の広告を新聞に載せていいのかためらう。上司は載せろと圧力をかけてくるが、倫理の立場から拒絶の意志を貫き通す。案の定、その組織は二年後、崩壊する。主任の判断は正しかったことになる。

「安全経済会」という名前から分かるように、この小説は昭和二十八年（一九五三）に起きた保全経済会事件をモデルにしている。この利殖組織は当初は、朝鮮戦争による特需によって資産の運用がうまくいっていたが、昭和二十八年三月のスターリン死去に伴う株価暴落によって経営が悪化。にもかかわらず経営は順調と言って新聞に派手な広告を打ち続け、資金を集めたことで、経営者らが詐欺容疑などで逮捕された。

松本清張はこの実際の事件をすぐに小説にした。かなり初期の現代もので、のちに社会派と呼ばれる清張の面目躍如たるものがある。経済成長の歪みを見据えている。この事件は、のちの八〇年代のバブル経済期に起きたとしてもおかしくない。清張の作品がいまも読み続けられているのは、この時代感覚の敏感さゆえと言える。

ちなみにこの保全経済会の事件は、昭利三十五年に中村登監督、佐田啓二、伊藤雄之助主演で映画化されている。『いろはにほへと』。脚本を書いたのは『張込み』（一九五八年、野村芳太郎監督）をはじめ数々の清張作品を手がけた橋本忍。当然、「危険な広告」を読んでいただろう。


高度経済成長は人を移動させる。農村から都市へ、地方から東京へと、人が、とりわけ若年労働者が移動する。彼らは仕事を求めて故郷を離れざるを得ない。

昭和三十年（一九五五）十二月号の「小説新潮」に発表された「張込み」の、刑事たちに追われることになる強盗殺人犯は、地方から東京に出てきた出郷者である。三十歳で独身。ということは結婚する余裕もない。三年前に山口県の田舎から東京に出てきた。はじめは商店の住み込み店員だったが失職し、その後、「さまざまなことをしてきたらしい。日雇人夫や血液を売ったりした」。そしていよいよ追いつめられて「飯場」に流れてきた。

そこでもうまくゆかず、最後に犯罪に走った。飯場で知りあった男と、目黒の金持の家に押し入り、主人を殺し、金を奪って逃げた。先に逮捕された男の言によると「無口な男で、東京がイヤだといっていました」。

最後は、九州のS市（佐賀市）に銀行員の後妻となった昔の恋人を訪ねたところで張込んでいた刑事たちに逮捕される。この男は「西郷札」の主人公と同じく、出郷者であり、地方から東京に出てきて敗れてゆく敗残者である。

地方と東京の格差の構造がある。この主人公は「東京がイヤだといっていました」という言葉にあるように、自分をはねつけた中央に対する嫌悪、憎悪を持っている。

「張込み」は前記のように昭和三十三年に橋本忍脚本、野村芳太郎監督によって映画化され、高い評価を得たが、この映画には、冒頭、東京の二人の刑事（宮口精二と大木実）が、犯人（田村高廣）を張込むため、横浜から夜行列車に乗り、東海道本線、山陽本線、鹿児島本線、さらに長崎本線とえんえんと佐賀市まで鉄道の旅を続ける長いアヴァン・タイトルがある。約十一分ある。こんなに長いアヴァン・タイトルは昭利三十年代の映画としてはきわめて珍しい。それだけ東京と地方の距離があったことを示している。その距離のなかに敗れていった者の悲しみがこめられている。

丸谷才一は清張論（『松本清張全集9』「解説」文藝春秋、昭和四十六年）のなかで、「この（高度経済成長期の）、移動したいという意欲と情熱、および、移動の結果による不安と疑惑という二つの局面こそ、松本の世界をささえる根本的な情念のように思われてならない」と書いている。「張込み」の犯人は、まさに丸谷才一が指摘する「二つの局面」に引き裂かれたと言える。

個人的に好きな作品に「新潮」昭和三十四年四月号—五月号に掲載された「空白の意匠」がある。「危険な広告」と同じように地方新聞の広告部で働く人間を主人公にしている。「危険な広告」の場合は、主人公が自分の倫理を守り通すという、清張の作品としては珍しく幸福な終り方をしたが、「空白の意匠」は、それとは正反対の、敗れてゆく者の物語になっている。

主人公は地方紙の広告部長。ある日、苦労してようやく広告を取った東京の大手製薬会社とのあいだにトラブルが起きる。直接その広告を出した東京の広告代理店とも。編集局が広告部の苦労など考えずに製薬会社の新薬に欠陥があると大きく報じてしまった。ご丁寧にも製薬会社の広告の上に。広告部長は編集部に抗議するが、編集局長は「報道の自由」という大義名分を振りかざし取りあわない。

そんなものは小さな地方紙にとってはきれいごとに過ぎないことを分かっていない。この編集局長は、もともと東京の大手新聞の社会部長をしていたので態度が大きい。地方紙の広告部の苦労をまったく理解していない。

仕方なく広告部長は東京の広告代理店に謝りに行く。そこで担当の副課長に冷たく突き放される。最後は責任を取って会社を辞めさせられてしまう。組織と個人という普遍的な問題に加え、ここにも地方と東京の格差の問題があらわれている。清張は「危険な広告」の五年後に、まったく正反対の作品を書かなければならなかった。それだけ経済成長の豊かさと共にその裏面で歪みも深まっていったことを感じ取っていたのだろう。

丸谷才一は書いている。「あのころには判らなかったけれど、これだけ歳月が経過すれば、今の日本の社会はほぼ昭和三十年代のはじめに形成されたことが明らかなように思う。

無論、戦後が終ったということは言われていた。しかし、このあとに一体どういう時代が訪れるのかは誰にも判らなかった。そのなかでただ一人、松本が来るべき時代を予見していたとはわたしも言わないが、彼が何かを予感していて、それに促されて書いたとは言えそうな気がする」。

格差社会と言われてすでに久しい。一億総中産階級と言われた一九八〇年代のバブル経済期に誰が、その先に格差社会が来ると想像しただろう。しかし、いま、松本清張の初期の作品を読むと、日本の社会は、いまもむかしもそれほど変っていないのではないかと思ってしまう。明るいところからは暗いところは見えないが、暗いところからは両方を見ることが出来る。

風景の複合――『Dの複合』『渡された場面』

松本清張は歴史意識の非常に強い作家だったが、同時に、地理感覚も敏感だった。風景や地形が物語に大きく作用した。

その風景もどちらかといえば、寂しい、見捨てられたようなところが多かった。『点と線』で〝心中死体〟が発見される福岡県の香椎《かしい》海岸は、「いかにも荒涼とした場所」だった。ふつう情死者は「贅沢な場所」を選ぶというのに。

その見捨てられたような「荒涼とした場所」が、刑事に、これはもしかしたら〝心中〟ではないのではという疑いを抱かせた。風景が物語に作用した、いい例である。

風景そのものが作品の核になることもある。

短篇の傑作「火の記憶」(昭和二十八年)。

四歳の時に父親が失踪、十一歳の時に母親が死去。孤児同然で育ったその男は、子供の頃に見たある風景が深く心に残っている。いつ、どこで見たのか、はっきりとは憶えていない。ただ火が燃えている。あの火はなんだったのか。

大人になった男は、ある時、筑豊炭田の中心地N市に出かけ、そこで、記憶のなかにある炎《も》える火と同じ風景を見る。

「それは炭鉱のボタ山に棄てられた炭が自然発火して燃焼している火だった。ああ、これだったのかと僕は思った。息が苦しいくらいだった。遠い幼い日の追憶が、今現実となって目の前にある」

記憶のなかの風景と現前の風景が重なりあい、風景そのものが大きな物語として立ち上がってくる。

炭鉱のボタ山という用済みの風景、それもいずれは石炭の時代の終わりと共に消え去ってゆくはかない風景が、父親と母親を失った主人公の悲しみを際立たせてゆく。松本清張は「風景の詩人」だといいたくなる。

昭和四十年（一九六五）から昭和四十三年にかけて「宝石」誌に書き継がれた『Dの複合』は、地理と風景がストーリーの展開のうえで大きな意味を持つ長篇小説である。実際、この小説を読む時は、かたわらに日本地図を置いて、しばしばそれを開いて、地名、場所を確認しながら読むことになる。それは、主人公たちと一緒に旅をすることにもなる。

旅といっても、にぎやかな観光地を訪ねる旅ではない。旅先は、一般に広くは知られていない地方の小さな町や村である。井上ひさしは、松本清張の魅力は、日常性と庶民性に加えて地方性にあると指摘したが、『Dの複合』も、通常、小説にはあまり登場しない地方の小さな町が重要な意味を持ってくる。

伊瀬忠隆という「流行《はや》らない小説家」が、ある時、新しく創刊された「草枕」という旅の雑誌で連載を頼まれ、地方の町や村を訪ねることになる。

浜中三夫という三十代はじめの仕事熱心な編集者がその取材旅行に同行する。二人が、日本各地を旅することで物語が進んでゆく。旅行雑誌「旅」に連載された『点と線』によって人気作家になった松本清張らしい趣向である。『点と線』は、犯行を追って刑事たちが日本各地を移動するが、『Dの複合』は、作家と編集者が移動するにつれて不思議な事件が起ってゆく。

松本清張の登場は、ほぼ日本の高度成長期と重なっている。高度成長期は、日本人がエネルギッシュに移動した時代である。観光旅行もさかんになったが、それ以上に、産業構造の変化があった。

地方から都市へ、農村から工業都市へと、若年労働者を中心として人口の移動があった。地方が衰退し、都市が増大してゆく。その過程で、失われゆく田舎、自然への郷愁が観光ブームも呼んだ。

松本清張が旅を好んで描いたのは、この高度成長期という移動の時代を背景にしている。経済的には、地方から都市への移動があり、観光的には、都市から地方への逆の移動がある。松本清張は、この移動をとらえた。

『Dの複合』が書き始められた昭和四十年といえば、高度成長の総仕上げというべき東京オリンピックが開かれた翌年である。すでに新幹線は走り、モノレールが開通し、羽田からの空の旅も普通のことになりつつあった。

昭和四十年から四十三年に書きつがれたこの小説のなかでは、作家の伊瀬は山陰方面への取材旅行の帰り、伊丹空港から飛行機で東京に帰る。

飛行機での移動がもう特別のことではなくなっている。そういう時代だからこそ、新しく創刊する雑誌「草枕」では、「僻地」を旅する企画が考え出される。戦後の混乱期には誰も「僻地」などに注目しない。高度成長によって日本の社会が豊かになるにつれ、はじめて「僻地」が、失われた故郷として貴重な場所になってくる。

松本清張は、その変化を敏感にとらえている。『点と線』の刑事たちの旅は仕事の上での旅だったが、『Dの複合』の作家と編集者の旅は、観光ブームに乗った旅である。

事実、「草枕」の浜中という優秀な編集者は、自分たちの雑誌が、「僻地ブーム」を意識していると、作家の伊瀬に語る。あきらかに『点と線』の時代とは、旅の事情が変わってきている。

『点と線』から八年。高度成長の速度を思わざるを得ない。

面白いのは、伊瀬と浜中が山陰に取材旅行に出かけた時、作家の伊瀬のほうは、せっかくなら山陰の名湯、城崎《きのさき》温泉に泊りたいと言うのに対し、「僻地ブーム」を意識している編集者の浜中のほうは、「それは絶対駄目だ」と反対すること。なぜなら「城崎などは俗化しているうえ、これまでも他の雑誌にしばしば紹介されているから」。

すでにこの時代、観光ブームが起きていて大きな温泉地が俗化していることがわかる。だから「僻地」が貴重になる。商品価値が高まる。「僻地」とは経済の移動からいえば、「過疎地」でもある。経済的には「過疎」なところが、観光的には、「僻地」として大事にされる。高度成長期のパラドックスである。

編集者の浜中は、俗化された城崎より、「僻地」の木津温泉に泊りましょう、と言う。「無名の湯治場」で「こういう土地こそ誌上で紹介したい」と言う。なるほど京都府の日本海の海岸に近い田圃と山稜に囲まれた木津温泉は、現在でも旅館が五軒ほどのひなびたところである。そういうところこそ新しく創刊される旅の雑誌にふさわしい。

いわば「草枕」は、現在の秘湯ブームを先取りしていたことになる。

「僻地」は「僻地」としてだけでは曲がない。それだけでは物語の舞台にふさわしくない。そこで、「僻地」に「伝説」という昔の物語の魅力が付け加えられることになる。

ただ「僻地」を旅するだけでは面白くない。編集者の浜中の提案で、それに、過去の「伝説」が加えられる。「羽衣伝説」「浦島伝説」。松本清張の得意とする民俗学である。

地理や風景というヨコ軸に、歴史というタテ軸が加わり、物語が立体化してゆく。浜中の発案で、第一回は山陰、第二回は三保ノ松原、第三回は内房の館山と、「羽衣伝説」「浦島伝説」を追って、二人の取材旅行が続けられてゆく。

このあたりまでは、『Dの複合』は、作家の旅に終始している（無論、それはそれで充分に面白い）のだが、やがて、「草枕」の伊瀬の文章を読んで、伊瀬を訪ねた読者の女性が殺され、さらに「草枕」の編集長が殺されるというふたつの殺人事件が起り、ミステリとして立ち上がってくる。

殺された女性読者が、いわゆる「イデオサバン」（通常の精神ではないが、数字に強いというように特殊な能力を持つ。映画『レインマン』のダスティン・ホフマンを思い浮かべればいい）で、その「計算狂」の女性の指摘で、自分の旅がなぜか、北緯三五度、東経一三五度、英語で書くと、North latitude 35 degree, East longitude 135 degree, ——Dが四つ重なるので「Dの複合」と関わっていることに気がつく。

それはなぜなのか。

そこから物語は一気に過去にさかのぼるのだが、ここで面白いのは、地理というヨコ軸と歴史というタテ軸の深い交差だろう。

一般に、西洋人の旅は、これまで誰も行っていなかったような未開、未知の土地へ向かうのに対し、日本人の旅は、かつて誰かが旅したところに向かうことが多い。

かつて西行が旅したところ、芭蕉が旅したところを、現代人が再び旅する。先人を偲ぶ旅、いわゆる歌枕である。

木津温泉のように、現在では忘れられた、ひなびた温泉が、実は、遠い昔から「羽衣伝説」が伝えられていた古い場所であることがわかってくる。現在の「過疎」と過去の「文化」が交差する。

考古学や民俗学が地理学と重なる。さらにそれに高度成長という現代性が加わる。物語が深く重層化する。松本清張の真骨頂である。

無論、いまミステリとして読むと、いくつかの無理があるのは否めない。

なぜ、編集者の浜中は、親の仇である「草枕」を発行する社長の奈良林保を追いつめるために、こんなにまで手のこんだことをするのか。奈良林のほうも、過去の罪悪をあばかれるのをおそれるためとはいえ、こんなにも簡単に「計算狂」の女性や、部下である編集長の武田を殺害するだろうか。

疑問を挙げてゆくと切りがない小説なのだが、その疑問を封じこめてしまうのは、やはり風景のリアリティ、伊瀬と浜中が「羽衣伝説」「浦島伝説」を追って歩く、京都府の木津温泉、兵庫県の明石、千葉県の館山といった場所の描写に、読者は知的好奇心をかきたてられ、ストーリー展開上の疑問を封印せざるを得なくなる。

細部の描写が総論の不備を忘れさせる。小説の真髄は細部にあり、と思う。

とはいえ、『Dの複合』には、総論、つまり物語の大きな骨組みに、絶妙の仕掛けがほどこされている。

あまりに有名な小説なので、ミステリ評のルールをあえて破って以下を書くが――。

この小説の重要人物は、編集者の浜中である。浜中の父親は、戦時中、小さな船の船長をしていた。自身知らなかったが、その船は、船主によって、戦時中の禁制品を、東北から九州に運んで利益を得ていた。

父親がその事実に気づいた時、船主は、策略を使って、父親を機関長殺害の犯人に仕立てて網走刑務所に送った。戦後、父親は出所したが、もう廃人だった。

子供の浜中は、父親の仇を討とうと決意した。その仇――、かつての船主が、「草枕」を出版する会社の社長、奈良林だった。浜中は奈良林を威嚇し、最後には殺害するために入念に計画を立て、かつて父親をおとしいれた海上――Dが該当する地点に、何も知らない作家の伊瀬を連れ出し、原稿を書かせた。

このあまりに手のこんだ浜中の復讐計画がそれでもなお読者を惹きつけるのは、細部の充実もさることながら、「戦時中の事件」という過去の力のためでもある。

松本清張は、現在の旅の上に「羽衣伝説」「浦島伝説」という遠い昔の伝説を重ねただけではなく、戦時中の忌まわしい事件を重ねた。『昭和史発掘』の著者ならでは。「伝説」と「事件」。ふたつがDの複合する風景に重なることで、この作品は、豊かに完結してゆく。風景がいくつも重なり合うことで物語が立ち上がってゆく。

昭和五十一年(一九七六)に「週刊新潮」に連載された『渡された場面』は、ミステリの傑作である。『点と線』の面白さに匹敵する。

この小説も移動する。

登場人物も、それに従って物語も。舞台は九州と四国の小都市。ここでも地方性が特色になっている。

地方都市に住む文学青年が、他の女性と結婚するために、邪魔になったそれまでの恋人を殺害する。それが思わぬところから発覚してしまう。

下坂一夫というその文学青年は、唐津市の一流の陶器店の息子だが、家業を手伝うことより、作家として立ち、中央の文壇に出ることを夢見ている。自分が主宰して同人雑誌を作り、それを中央の文芸誌に送っている。同人雑誌が盛んだった時代である。

文学の世界での、中央と地方の落差が描かれてゆくのは、松本清張らしい。地方都市では本屋にも文芸誌は三冊ほどしか置かれていない。そんなところで、中央に認められたいという心で、毎月、文芸誌を読み、青臭い文学理論をふりかざす文学青年の滑稽さと悲しさが、犯罪のうしろにある。

下坂には、真野信子という恋人がいる。唐津と同じ佐賀県の小さな港町で、旅館の仲居をしている。坊城と町の名は仮名になっているが、『作家の手帖』によれば、玄海灘に面した港町、呼子《よぶこ》がモデルになっている。

短篇「陸行水行《りくこうすいこう》」（昭和三十九年）によれば、「魏志」の魏使はこの呼子に上陸したという。古い町であることがわかる。昭和二十六年（一九五一）に公開された木下恵介監督の『海の花火』は、呼子の漁師たちの物語。呼子は漁師町である。かつては遊郭もあった。

唐津に住む下坂は、坊城（呼子）に来ては信子と会う。ただ、彼は、信子との仲が人の噂になるのが嫌なのだろう、いつも人に知られぬよう密会する。

下坂は車を持っている。『点と線』が鉄道の時代だったとすれば、『渡された場面』は車、それも自家用車の時代の物語になっている。

車は密室である。下坂は信子を車に乗せて走る。「車の行先は、モーテル直行だったり、山の蔭だったり、海岸の松林の中だったりした」。博多から唐津のあいだの街道沿いにはモーテルがたくさん出来ている。地方ほど車社会が進んでいるためだろう。

下坂は、結婚の邪魔になる信子を殺そうとする。車を使う。信子と博多から東へドライブに出る。国道三号線を走る。箱崎、香椎（『点と線』の舞台）、古賀、福間、東郷と、鹿児島本線に沿って走る。松本清張が精通している土地である。

赤間から北へ、海のほうへと走る。海の手前に小高い山がある。その山道へと入って行き、下坂は山林のなかで信子を殺す。この時、車で犬をひっかけたことが、のちになって効いてくる。

犯行後、下坂はなにごともなかったように他の女性と結婚する。同人雑誌に発表した小説が、たまたま中央の文芸誌の同人雑誌評に紹介されたために、北九州の小さな文学仲間のあいだでちょっとした有名人になる。

文芸誌の同人雑誌評に紹介されるかどうかに一喜一憂する。このあたりにも、地方の文学青年の屈折した思いがあらわれている。下坂はいわば文壇というピラミッドの最底辺にいる。松本清張は文学の世界を描く時も、そこに自ずと権力構造があらわれていることを見ないわけにはゆかない。下坂という文学青年は、犯罪の加害者ではあるが、他方で、文壇という構造の被害者でもある。そこがこの小説に悲しいかげりを与えている。

中央の文芸誌の同人雑誌評に取り上げられた下坂の小説は、実は、ある部分、文壇では知られた中堅作家の文章の盗用だった。小寺康司というその作家が、ある時、坊城の信子が仲居をしている旅館に泊った。

小説を書いている恋人、下坂のためになるかと思い、信子は、作家の書きかけの原稿を書き写し、それを下坂に渡した（『渡された場面』というタイトルはそこから来ている）。下坂は、それを自分の小説に使った。小寺康司は、東京に帰ったあと急死したために、盗用が発覚しなかった（ちなみに、盗作、アイデアの盗用は、しばしば松本清張の小説の題材になる）。

ところが、ここで思いもよらぬことが起る。

同人雑誌評に取り上げられた下坂の文章（つまりは小寺康司の文章）を読んで、それを心にとめた人間がいた。四国のある県の刑事である。

香春《かわら》銀作というその刑事は、自身、文学好きだったために、文芸誌を読む習慣があった。そして、たまたま下坂の文章（小寺の文章）を読んだ。

同人雑誌の文章を読んだことがきっかけで事件が解決してゆくという筋道は、『点と線』

と同じである（『点と線』では、犯人の妻が同人誌に書いた、時刻表をめぐる随筆が手がかりになる）。

刑事の香春は、たまたま、自分の町で起きた未亡人殺人事件の捜査に関わっていた。文芸誌に取り上げられた下坂の文章を読んで香春は、そこで描写されている風景描写が、殺された未亡人の家の近くに非常によく似ていることに気が付く。この筆者は、町に来ているのではないか。

「B市は城下町だった。一万石ぐらいの支藩のあったところで、町のまん中には城址《じょうし》ともいえぬ小さな石垣とそれをめぐる濠《ほり》とがあった」

香春がその文章を県警本部長に見せると、本部長も、それが四国の芝田市（仮名）だと認める。

「読んですぐわかったよ。市立図書館や彰古館のある小さな城址の前に市役所、警察署、地検支部、地裁支部があったり、コンビナートなどの誘致で市が発展……発展かどうかわからんが、騒々しくなって隣接の田舎に住宅団地が建つようになったところなどの文章でね」

さらに、被害者が住む家のあたりの描写になるといよいよ、文章と現実は酷似してゆく。農家、雑木林、プラタナスの並木、ヒノキの生垣、古いクスノキ……。

そして、ここから、九州の坊城（呼子）で起きた事件と四国の芝田市で起きた事件が結びつき、唐津の文学青年、下坂の犯行が露見する。当初、まったく無縁に思えたふたつの事件が、「風景」の描写によって思いもかけずに複合し、犯行が明るみに出る。「風景」が物語に大きく作用している。ここでも松本清張を「風景の詩人」といいたくなる。

『渡された場面』には、もうひとつ、九州ならではの「風景」が出てくる。仲居の真野信子は、客の作家、小寺康司に、どこの生まれかと聞かれ、「多久《たく》というところです。もとは炭鉱がありましたが」と答える。多久の炭鉱が閉山し、町がさびれてしまったために、坊城（呼子）に働きに出てきた。信子の背景に、石炭から石油への時代の変化（それはとりわけ石炭で栄えた北九州で顕著だった）が見てとれる。

刑事の「香春《かわら》」という名前にも注意したい。北九州に香春という町がある。田川市に隣接する。かつての炭鉱の町である。刑事の名前にも、炭鉱の時代がすけて見える。

信子が失踪したと考えた刑事たちは、実家のある多久の町（佐賀県）に行ってみる。唐津線に乗る。西唐津から八つ目（ちなみにそのひとつ手前の厳木《きゅうらぎ》は、竹中直人が荒木経惟の写真集に材を得て作った映画『東京日和』に登場する）。

刑事たちは、多久の駅のホームに立って、北九州ならではのこんな風景を見る。

「多久駅のホームに立って唐津行の電車を待っていると、すぐ前がピラミッド形のボタ山だった。炭鉱はエジプトへの連想だけを残して消滅している。どんよりとした灰色の雲が重く垂れて、冬のうすい光りが亀裂《きれつ》の間から斜線を洩らしていた。ホームの掲示板には名所案内として多久聖廟《せいびょう》、若宮八幡宮、天山《てんざん》登山口などとならんでいた。炭鉱の名はなかった」

消えてゆく炭鉱、ボタ山。「火の記憶」でも描かれた忘れられてゆく「風景」が、この小説でも強い印象を残している。

地方から東京を見るまなざし――「再春」「空白の意匠」「投影」

昭和二十八年（一九五三）、四十三歳のときに「三田文学」に発表した「或る「小倉日記」伝」が芥川賞を受賞したのを機に上京するまで、松本清張は、長く生まれ故郷である九州の小倉に住んだ。

松本清張にとって東京は遠かった。

東京はいつかそこで作家として成功する約束の地、晴れ舞台であり、同時に地方在住者から見て強者の威圧的な中央だった。

松本清張は、東京をつねに地方からの視線で描く。弱者が強者を見る目で東京をとらえる。中央の権威、権力によって低く見られている地方の悲しみ、憎しみ、怒り、そして他方での憧れといった感情が複雑に交差し合う。

「或る「小倉日記」伝」は、戦前の昭和、小倉に住む身体障害者の無名の青年が、明治時代に小倉に滞在した森鷗外の足跡をこつこつと調べてゆく物語。

青年の真摯な努力は、結局は徒労に終わるのだが、彼が仕事を続けてゆく上で心の支えにしたのは、東京にいる森鷗外の研究家として知られる文学者「K・M」（木下杢太郎のこと）。「昭和十五年の秋のある日、詩人K・Mは未知の男から一通の封書をうけとった」という文章からこの小説は始まる。

地方の青年が、自分の研究に価値があるかどうか、すがるような思いで一面識もないのに東京の高名な文学者に手紙を書く。

鷗外は明治三十二年から三年間、陸軍第十二師団軍医部長として小倉で暮したが、このときの日記の所在が不明になっている。そこで青年は、小倉時代の鷗外の事跡を探して歩いているという。手紙には調査の一部が添えられている。

「K・M」は青年の手紙に興味を覚え、激励の手紙を出す。母親と二人で暮している青年は、東京の文学者に自分の仕事が認められて感動する。地方で、いわば陽の目を見ずに生きてきた身体障害者の仕事を、東京で認めてくれる人がいた。苦労して息子を育ててきた母親も喜ぶ。「母子は顔を見合ったまま、涙ぐんだ」「（母親のふじは）自分の心も暗い地の底からやっと出口の光明を見た思いだった。ふじはKの手紙を神棚に上げ、その夜は赤飯をたいた」。

東京からの一通の手紙が、地方に埋もれ、肩身を狭くして生きて来た母子をこれほど喜ばせるとは。地方の無名の青年にとって東京は、高く仰ぎ見る場所になっている。

青年の努力は、結局は、戦争と戦後の混乱によって徒労に終わってしまうが、彼がまだ見ぬ東京を心の支えにし続けたことは確かである。そして、青年は報われぬまま死んでいったが、松本清張自身は、この作品によって芥川賞を受賞し、長い雌伏時代を終え、小倉から東京へと出る。


東京（中央）に出たい。東京の人間に認められたい。それによって地元の人間たちを見返してやりたい。松本清張の作品には、しばしば東京への強い思いを持った人間が登場する。ときにはその思いは歪んで異様なものになることもある。

「足袋つぐやノラともならず教師妻」の句で知られる俳人、杉田久女（明治二十三年―昭和二十一年）をモデルにした短篇「菊枕」（昭和二十八年）の主人公、ぬいは、東京お茶の水高等女学校を出た才女。山形県鶴岡在の造り酒屋の三男で美術学校を出た男と結婚した。夫がいずれ画家として立ってくれると願っていた。

ところが、九州福岡のある中学校の絵画の教師となった夫は、安定した生活に甘んじ、いっこうに絵を描こうとしない。「うん、そのうち気分が出たら何か描くよ。わしも一生、田舎の中学校教師でもないからな」とはいうものの絵筆を取らない。

ぬいは夫に失望し、軽蔑する。そして俳句を作るようになる。才能が認められ、「九州女流三傑の一人」と評される。

そして宮萩梅堂《みやはぎせんどう》（モデルは高浜虚子）の主宰する中央の句誌「コスモス」に投稿し、いよいよ才能を認められる。ぬいは、梅堂を尊敬し、心酔する。九州から鎌倉に住む梅堂を訪ねる。梅堂のために菊の花で枕を作って持ってゆく。句会に参加する。

しかし、期待していたようには梅堂はぬいに親しく接してくれない。ぬいは、それが自分が「貧しい田舎教師の妻」のためだと思う。

「（句会では）皆が何をこの田舎者が、という眼つきをしているように思えた。そう思うと、自分の身なりまでが何だか野暮ったく、甚だ見劣りがした」

こうしてぬいは、次第に「貧しい田舎教師の妻」である自分を恥じ、怒り、悲しみ、精神を病んでゆく。

松本清張は日本の社会を東京と地方、中心と周縁に分けてとらえる。近代の日本は中央が地方を威圧していったと考える。だから、地方の人間は、東京に対し、憧れと怖れ、夢とコンプレックスを合わせ持たざるを得ない。

あまり論じられない作品だが「再春」（昭和五十四年）という、東京と地方の対比で見ると非常に面白い短篇がある。

「中国地方第一の都市」に住む主婦がいる。この市に生まれ育った。やはりこの市に生まれ、東京に本社のある広告代理店に勤めている夫と暮している。結婚生活十年になる。子供はいない。この平凡な主婦、高見和子がある時、小説を書く。それが中央の文芸雑誌の新人賞となり、地元で大評判になる。

夫は大喜びする。小説は会社でも評判になり、東京本社への転勤の可能性が出てきたから。夫はこの土地に生まれ、この土地の大学を出て、この土地の支店に勤め、地元採用者として入社した。生涯この土地を離れられそうにない。地元採用者は「けっきょく下積みで終る」。会社の幹部は東京本社から来る。赴任の出迎えや本社への栄転の見送りに、夫はいつも駅のホームに立つ。「われわれは万歳要員だと夫は自嘲した」。

地方の支店は、東京本社に低く見られている。だから、妻の和子の小説が評判になり、思いがけず東京本社への夢が見えてきたことで大喜びする夫の気持が、和子には分からないではない。

夫のためにも次もいい小説を書きたいと思う。しかし、なかなかアイデアが浮かばない。思い余って地元の名士夫人で家庭裁判所の調停委員をしている女性のところに、面白い話はないかと相談に行く。名士夫人は、機嫌よく、それではと、ある未亡人の再春の話をする。和子は、その話をもとに小説を書き、中央の文芸誌に発表する。

ところが、活字になったあと大問題が起こる。別の文芸誌で、ある批評家がこの小説はトーマス・マンの短篇「欺かれた女」の盗作であると指摘したのである。あわてて和子がそれを読んでみると、盗作と言われても仕方のないものだった。和子の作家生命はこれで断たれる。

和子は、失意の中でふと思う。あの名士夫人は、トーマス・マンの作品を知っていて罠を仕掛けたのではないか。和子が東京にはなやかに出てゆくのを嫉妬して。

恐ろしい話である。地方が東京との距離によって測られる。東京で認められた人間は、地元では嫉妬と羨望の対象になる。

昭和三十年代に入り、日本の社会は高度経済成長へと加速していった。いまにして思えば、経済成長とは現在の東京一極集中の始まりだったのかもしれない。

地方から東京へと、大勢の若者が働き口を求めてやってくる。地方からいきなり東京に出て来た若者たちの希望が、たちどころに、絶望になってしまう例も多かっただろう。

昭和三十年に「小説新潮」に発表された短篇「張込み」の殺人犯、目黒の重役邸に押し入り、主人を殺害した犯人は、三十歳になる独身の地方出身者だった。

三年前に故郷の山口県の田舎から東京に出てきた。はじめは商店の住みこみ店員だったが、失職して、「日雇人夫」をしたり、血液を売ったりして、しのいできた。最近になって、ある「土建業者」の飯場にやってきた。

東京を夢見てやってきた若者に、東京は甘くはない。いきなりいい暮しなど出来るはずはない。競争社会に耐えられなくなった、よるべもない地方出身者はずるずると転落して犯罪者になってしまう。昭和三十年代、高度経済成長期の犯罪の一定型だろう。

先に逮捕された共犯者（やはり飯場で働いている）は、刑事に彼のことをこう言う。

「無口な男で、東京がイヤだといっていました」

故郷のムラ社会では得られない夢を東京に託す。東京への夢が大きければ大きいほど、失望は大きくなり「東京がイヤだ」と思うようになる。経済成長期の悲劇である。

昭和三十四年から三十五年に「婦人公論」に発表された『霧の旗』は、九州の「K市」に住む若い女性が、強盗殺人の罪で逮捕された兄を救うため、「日本で一流」と聞いている東京の弁護士を訪ねて、弁護してくれるよう懇願するのが発端。

しかし、東京の一流の弁護士が、地方から紹介状もなしにいきなりやってきた、金のない女性の依頼を引受けるはずもない。

彼女は必死に食いさがる。

「わたしは貧乏ですわ。それは、おっしゃる通りの弁護料は払えないので、無理は承知なんですけれど、九州から、先生だけにお縋《すが》りしたくて来たのです。助けて頂けるものと信じて、勤め先から無理に四日間の休暇を貰い、旅費を都合して来たんです」

彼女の言い分は確かに非常識である。金もなく、いきなり東京の弁護士を訪ねたら、普通どの弁護士も断わるだろう。ただ、彼女には東京への強い思いがある。東京の先生なら、なんとかしてくれるだろう、兄を助けてくれるだろうと思っている。

その東京への期待が、金がないためだけにもろくも打ちくだかれた。東京への絶望は憎しみに変わり、彼女は、この弁護士に復讐を決意する。

兄が逮捕された殺人事件の真犯人を探すことより、彼女は、弁護士に復讐することのほうに熱心になる。ミステリとしては異色である。それだけ、地方都市から東京に出て来て弁護士に門前払いを食わされた彼女の、東京への恨みは深いといえる。

弁護士の側から見れば、非常識な依頼人の話を断わったからといって責められるべき非はないのだが、この小説に現実味があるのは、発表された昭和三十四年から三十五年にかけて、明らかに東京と地方には、現在の東京一極集中にあらわされる大きな格差が生まれていて、女主人公の、弁護士への、ひいては東京への恨みが理解できるからである。

彼女が東京の町をひとり歩くくだりがある。

九州から出て来た彼女にとって東京は冷たい町である。歩いている人間はみんなお金がありそうだ。彼女は、自分だけが東京の中で仲間はずれにされている思いがする。

銀座に出てみる。自分だけが田舎者である。

「銀座には煩わしい建物と人ばかりがあった。地方にいて想像したことだが、歩いてみて、何の感興も起こらなかった。彼女に関係のない人ばかりが歩いている。みんな裕福で、豊かな暮らしをしているようにみえた。女たちは、屈託がなさそうに微笑している。いや、もし事件が起こっても、（私が必要としている）八十万円の弁護料ぐらい苦労なしに調達できそうな顔と服装をしていた」

東京の真ん中の銀座にあって、地方都市から出てきた若い女性は孤独である。金もないから心細い。東京は憧れの地であると同時に力のない、いまふうにいえば「負け組」の彼女にとっては、威圧的な冷たい町でしかない。

松本清張は、このように、東京をいつも、地方という弱者の目でとらえる。東京を地方によって相対化する。東京人には見えない、東京の負の部分が見えてくる。

最晩年の作品に『犯罪の回送』という長篇がある。平成四年、巨星が逝った年に角川書店から出版された。

北海道の南にある「北浦市」（架空）という町の市長が、港湾埋立事業を推進するため東京に陳情に出て来る。そこで何者かに殺される。同時に、港湾工事に反対する有力な市会議員も殺される。二つの殺人をめぐる物語。

ミステリとしては上出来とは言い難い作品だが、平成の時代、地方が衰微し、なんとか生き延びようと港湾建設を推進させてゆこうとする、そのために市長が東京の官庁に陳情に出て来る、この地方と東京の権力関係がよく描かれていて興味深い。

「北浦市」は、こう説明される。

「北浦市は、往昔、イワシ漁の基地として繁盛した記録もあり、高度成長期には北海道を代表する港湾都市として活況を呈したこともあったが、造船不況の吹き荒れたあとの今ではさしたる産業も持たず、衰微した地方都市として残っている」

現在の北海道が、東京一極集中に対応するように、札幌一極集中になってしまい、札幌以外の町が「衰微した地方都市」になっている現状を松本清張は予見している。

いや、これは北海道だけの話ではない。九州では福岡、中国四国では広島、中部では名古屋、東北では仙台と、松本清張は、現在の日本各地の大都市一極集中化を予見していたと言える。

予算の問題――地方都市の大半は、中央からの地方交付税に依存している――があるから、地方は東京に頭が上がらない。「陳情」という特異な言葉が、地方と東京の力関係をよくあらわしている。

地方都市では市長や市会議員でも東京に出て来ればただの人。『犯罪の回送』には、市長が失踪したあと、市会議員たちが関係省庁に行き、東京の中央官庁の若い役人に頭を下げる姿を、市長の秘書が、苦い思いで想像するくだりがある。

「有馬（市長の秘書）は、いい年齢《とし》をした市議たちが若い役人から皮肉を言われて低頭している場面を想像した。役人は、どうせ地方の小さな町の議員だと思って威張っているに違いない」

地方の小さな町の議員たちが東京の役人に頭を下げざるを得ない。松本清張の東京論の基本にはこの光景がある。地方は東京に蔑視されている。低く見られている。それは明治の近代化、中央集権化以来の事実である。東京が栄えることによって、地方の人間がどれだけ傷つき、つらい思いをしてきたか。

地方と東京の落差を描いた出色の作品に昭和三十四年に「新潮」に発表された短篇「空白の意匠」がある。

北陸の小さな地方新聞の広告部長が主人公。発行部数十万足らずの地方紙は、東京の広告主（大手企業）によって支えられている。広告が途絶えれば、たちまち経営に響く。地元の企業の広告を取りたいと思っても「経済力の貧弱な地方都市では、疲弊した中小企業が唯一の対象で、せいぜいこの地方のデパートの売出し広告が気の利いたスペースをとるくらいなものであった」

東京に依存せざるを得ない地方の経済状況が語られる。

ある時、編集部が、そうした広告部の苦労を知らずに、大手広告主である東京の製薬会社に不利になる記事を大きく載せた。その会社の薬を注射してもらった患者が死んだという事件。

ジャーナリズムとしては報道は当然かもしれない。しかし「報道の自由」という大義名分は東京の大手新聞にはあり得ても、大手企業の広告で支えられている地方紙には通用しない。「報道の自由」など日頃、広告主に頭を下げている広告部長から見れば、きれいごとでしかない。

しかも、その記事を容認した編集局長は、東京の大手新聞で社会部長をしていたことがあり、広告部長から見れば「この吹けば飛ぶような小さな新聞社を大新聞社のように思っている。編集は編集、広告は広告と分割して、社の収入源のことなんか知ったことかという顔をしている」。

東京の大新聞から天下りのようにやって来た編集局長の無神経な仕事の尻ぬぐいを、広告部長がすることになる。

上京して、広告代理店や製薬会社に詫びに行かなければならない。広告代理店の若い社員に頭を下げなければならない。つらい仕事である。

『霧の旗』の九州から出て来た若い女性の場合と同じように、この広告部長にとっても東京は冷たく、威圧的な町である。「東京が色彩の無い、灰色の憂鬱な都市に見えた」。

立場の弱い地方の人間にとっては東京は強者の住まう町である。広告代理店の若い社員も彼個人を見れば弱い人間かもしれない。しかし、広告代理店の社員の肩書が付くと、地方紙の年上の広告部長を侮蔑し、威嚇してくる。東京の怖さである。松本清張は、あくまでも地方の人間の立場に立って、強者としての東京を見ようとする。その姿勢は遺作といっていい『犯罪の回送』まで一貫して変わらなかったと思う。

最後に、地方と東京の関係を描いた作品で珍しく、幸福な終わり方をする逸品を紹介したい。

昭和三十二年に「講談倶楽部」に発表された短篇「投影」。「太市は、東京から都落ちした」という文章で始まる。

主人公の田村太市は、三十歳前後。「日本でも一流の新聞社」の社会部記者だったが、女性問題で部長と衝突し、社を辞めた。頼子というその女性と二人、「都落ち」し、あてもなく「瀬戸内海のSという都市」にたどり着く。人口二十万人ほどの町。その町で頼子はキャバレー勤めを始め、太市は新聞の求人広告で「陽道新報」という地方紙が記者を募集していることを知り、そこに行ってみる。

新聞社とは名ばかり。古いしもた家で、老人の社長と中年の社員の二人がタブロイド判の小さな新聞を作っている。発行部数も数千部。市政の腐敗を追及している。

太市はそこで働くことになるが、東京の大手新聞で働いていた人間には、名もない地方紙の仕事はつらい。「おれも遂にここまで落ちたか」と不覚の涙を落とす。「東京に帰りたかった。流れて、内海の名もない小都市に落魄《らくはく》している己の身が、はじめて哀れになった。いや、そういう自分について来ている頼子が、愛しくなった」

しかし、やがて太市は気づいてゆく。老社長は気骨のあるジャーナリストで、市政を厳しく監視し続けている。広告に頼らず、貧しくとも新聞の販売だけで経営を支えている。中年の記者もこの「大将」を慕っている。

太市は中年の記者とともに、市の土木課長変死事件を取材し、警察も突きとめることができなかった真犯人を明らかにする。

そして、まだ若い太市には東京の放送会社から就職の口がかかり、町を去ってゆくのだが、別れのとき、社長へ感謝の言葉を言う。

「いいえ、僕こそ社長には大へんお世話になりました。僕はこの土地に来て、社長によってはじめて新聞記者の正道というものに目を開けてもらった思いです。このご恩は一生忘れられません」

東京から来た、まだ未熟な人間が地方に来て、気骨あるジャーナリストによって鍛えられる。ここには、地方と東京の幸福な関係がある。太市は東京に戻っても、地方に対して強者として振舞うことは決してないだろう。

抑留された夫の帰りを待つ女——「地方紙を買う女」

松本清張の初期の短篇には秀作が多い。なかでも世評が高いのは「地方紙を買う女」だろう。「小説新潮」昭和三十二年四月号に発表された。

まずタイトルがいい。「地方紙」という全国紙に比べればマイナーな地方の新聞に着目した。つねに東京を地方の視点から見ようとした清張らしい。

「潮田芳子は、甲信新聞社に宛てて前金を送り、『甲信新聞』の購読を申込んだ」という文章から始まる。松本清張の文章は事実を簡潔に書くことに特色がある。余計な修飾はない。美文とは遠い。新聞記事に近いものがある。阿井景子『おもかげ 松本清張 北大路魯山人』（文藝春秋）によれば、よく後輩作家に「空想には翼を、文章には写実を」と言っていたという。

「この新聞社は東京から準急でも四時間くらいかかるK市に在る」。「K市」とは甲府と思われる。地方紙名が「甲信新聞」とあることから分かる。松本清張は地名を書くとき、例えば『砂の器』（昭和三十六年）の亀嵩《かめだけ》（島根県）や「陸行水行《りくこうすいこう》」（昭和三十九年）の安心院《あじむ》（大分県）、『蒼い描点』（昭和三十四年）の五城目《ごじょうめ》（秋田県）のように地方の珍しい地名は実在のものにすることが多いが、他方、架空の名にしたり、「張込み」における「S市」のようにアルファベットであらわしたりもする。犯罪の舞台となる場合、実名にするのは遠慮があるのだろう。

芳子は、「甲信新聞」を直接購読したが、昭和三十年代、東京の都心では地方紙を売っている駅の売店があったようだ。短篇「顔」（昭和三十一年）には「東京という都会は便利なところで、有楽町あたりの盛り場に行けば、全国の地方新聞が〝なつかしい郷土の新聞〟として毎日売られている」とある。

現在ではもうこういう光景は見られないが、昭和三十年代には都心の駅の売店では地方紙が売られていて、清張はそこから「地方紙を買う女」を思い付いたという。

「地方紙を買う女」は昭和三十四年に日活で映画化されている。映画題名は『危険な女』。若杉光夫監督。冒頭、渡辺美佐子演じる芳子は、中央線東中野駅の駅前の売店で、たくさん並べられた地方紙のなかから「甲信新聞」を買う。

小説では芳子は、売店で地方紙が売られていることを知らず、直接、新聞社に購読を申込んだ。この時、現金書留にこんな手紙を添えた。「貴紙連載中の「野盗伝奇」という小説が面白そうですから、読んでみたいと思います」。

この手紙が結果的に命取りになるのだが、昭和三十二年といえば「朝日新聞」に連載された井上靖の『氷壁』が大評判になった年で、当時はいま以上に、新聞小説がよく読まれていた。「甲信新聞」社も、東京の人間が連載小説を読みたいからと購読を申込んでも不思議には思わなかったろう。

芳子は以前、「甲信新聞」を見たことがあった。「K市の駅前の、うら寂しい飲食店のなかであった。註文の中華そばが出来上るまで、給仕女が粗末な卓の上に置いて行ってくれたものだ。いかにも地方紙らしい、泥くさい活字面の、鄙《ひな》びた新聞であった」。芳子は、その新聞の名と、新聞社の住所を手帳に控えた。『野盗伝奇』の名も覚えた。

そして東京に帰って購読を申込んだ。なぜそんなことをするのか。

購読して一ヶ月ほどたった時、「甲信新聞」に、「臨雲峡」の山林で男女の心中死体が発見されたという記事が出る。死体は死後一ヶ月くらいたっていて、半ば白骨化している。

翌日には死体の身許が判明したと報じられる。男は三十五歳。東京のあるデパートの警備課員、女は同じデパートの店員で二十二歳。「ありふれた、平凡なケースである」。全国紙では報道されない事件だろう。地方紙だから記事になった。

芳子は、この記事を読みたいために「甲信新聞」を取っていたのだと、読者に分かってくる。

ちなみに「臨雲峡」は「K市」を甲府と考えれば、甲府の北にある景勝の地、昇仙峡だろう。『ゼロの焦点』（昭和三十四年）では、主人公の禎子《ていこ》が鵜原憲一と見合結婚し、新婚旅行に出かけるのがこの昇仙峡だった。二人はまず甲府市内の湯村温泉に泊り、翌日、車で昇仙峡に出かけた。「紅葉見物でひどい人出であった。せまい道を車が自由にすすまなかった」。まだ海外旅行など夢のまた夢だった昭和三十年代のはじめ、東京に近い山梨県の昇仙峡が人気観光地になっていたことがうかがえる。

新婚旅行は昭和三十年代のはじめ、戦後の混乱期が終って世の中が落着いてから一般化していった。谷崎潤一郎の『細雪』には、戦前、蒔岡家の次女、幸子が貞之助と結婚した時に新婚旅行をしたとあるが、それは裕福な家庭だからだろう。庶民のあいだで新婚旅行が一般化するのは昭和三十年代になってから。

長篇『黄色い風土』（昭和三十四年）では、冒頭、主人公の週刊誌記者が熱海に滞在している評論家に原稿を依頼するために、東京駅から伊東行きの列車に乗る。

「午後二時三十分から三時までの東京駅の十二番線ホームは、贅沢で華かな混雑が渦巻いている」。言うまでもなく、伊豆方面に行く新婚夫婦が多いため。「三時には伊東行の「いでゆ号」が出るのだが、周知のように、これは新婚組のために、ロマンスカーが連結されている。その見送り人のために、列車が出るまでは、いくつもの披露式場の雰囲気がこのホームに重なり合い、ぶっつかり合っている」。

昭和三十年代に、新婚旅行がいわばブームになっていたことが分かる。

『黄色い風土』は昭和三十六年に東映で映画化された。石井輝男監督。開巻、鶴田浩二演じる週刊誌記者が東京駅から「ロマンスカー」に乗り込むと、まわりは新婚の二人組ばかりなので驚く。

新婚旅行が盛んになっている時代、「地方紙を買う女」の主人公、芳子はひとり身である。あとで分かることだが、芳子は戦時中に結婚した。夫は兵隊に取られ、戦後、ソ連に抑留された。まだ帰って来ない（遠からず帰ってくるらしい）。芳子は戦争で人生を狂わされた。いわば戦中派である。年齢は三十代なかばだろうか。

昭和三十年代のはじめには芳子のような戦争の犠牲になった女性は数多くいた。芳子より若い世代が良き伴侶を得て、幸せに新婚旅行に出かけてゆく時代に、芳子はいまだに異国にいる夫を待つ身である。芳子にはまだ戦後は終っていない。

「地方紙を買う女」がすぐれた短篇になっているのは、地方紙という着眼の良さに加え、犯罪の背後に、昭和史の暗部があるからだ。芳子は、ちょうど小津安二郎監督の終戦後の作品『風の中の牝雞《めんどり》』（一九四八年）の田中絹代演じる主人公が、復員して来ない夫を待つあいだ、生活苦から一度だけ身体を売ったのと似た体験をしていて、それが犯行の動機になっている。夫はソ連から戻って来ない。戦後の混乱期、芳子は一人で生きてゆくのにどれだけ苦労したことだろう。「地方紙を買う女」には、語られる物語の背後に語られない重要な物語が潜んでいる。

興味深いことに、前述のこの作品の映画化『危険な女』では、夫（下元勉）はソ連に抑留されているのではなく、肺結核で千葉あたりの海辺の療養所にいるという設定に変えられている。

「地方紙を買う女」が発表されたのが昭和三十二年。映画が公開されたのが昭和三十四年。ソ連からの集団帰国は昭和三十一年の十二月に終っている。そのため、映画では、ソ連抑留にリアリティがなくなり、肺結核に変えたのだろう。

抗生物質の普及で肺結核は死の危険は減ったものの、この時代、まだ療養に長い時間を必要とする大病だった。『点と線』（昭和三十三年）では犯人の安田の妻、亮子は肺結核のため鎌倉の家で療養している。また短篇「二階」（昭和三十三年）では、町の印刷所を営む夫が肺結核を病み、療養所を出て自宅の二階で療養することになる。昭和三十年代のはじめ頃、結核はどこにでも見られる病気だった。

「地方紙を買う女」の芳子は現在、渋谷のバーで働いている。世田谷区の烏山のアパートから通っている。子供はいない。一人暮し。女性の職業がいまよりも限られていた時代、手に特別な技術を持たない女性が働くとしたら水商売に行くしかなかったろう。松本清張の小説にしばしばバー勤めやキャバレー勤めの女性が出てくるのはこのため。

芳子は、男女の死体が出たという記事を見たあと、もう用はないと、「甲信新聞」の購読をやめてしまう。その時、あとで後悔するが「小説がつまらなくなりました」と余計な手紙を書いてしまう。

これに敏感に反応したのが、当の『野盗伝奇』の作者、杉本隆治（映画では、芦田伸介）。はじめに、『野盗伝奇』が面白そうだから読んでみたいと書いて作者を喜ばせておいて（杉本は芳子に礼状まで出した）、一ヶ月ほどたってこんどは「つまらなくなりました」と購読をやめてしまう。

作者としては不愉快だし、連載で面白くなっているところでつまらないというのが腑に落ちない。ここで、まったく赤の他人だった芳子と杉本とのあいだに奇妙な接点が生まれる。小説の視点人物も芳子から杉本へと変わる。物語が複眼で語られてゆく。芳子という追われる者と杉本という追う者が交差してゆく。ミステリの妙。

『野盗伝奇』は「地方紙を買う女」の前年松本清張が共同通信の配信で各地方紙に連載していた時代小説の題名でもあり、「『野盗伝奇』は、彼（杉本隆治）が、地方新聞の小説の代理業をしている某通信社のために書いたものである」とは楽屋落ちになる。

長篇『網』（昭和五十年）は、東京の作家が、かつての戦友が社長を務める北陸の地方紙から原稿を依頼されたことから事件に巻き込まれる物語だが、地方紙と通信社の関係が簡単に記されている。

「東京中央通信社という代理店では、契約した地方紙の六社ないし十三社くらいに同じ連載小説の原稿を流している」「地方新聞社は全国紙とちがって経営的に弱いから、中央文壇作家の小説やその他文化関係の記事を共同で代理店から買うのである」

作家の杉本隆治は、作品が地方紙に載るのだからといって決して手を抜いたわけではなかった。むしろ力を入れた。自信もあった。それなのに潮田芳子という女性は、「小説がつまらなくなりました」と言ってきた。

なぜなのか。この女性はなんのために「甲信新聞」をわざわざ東京から購読し、小説が佳境に入った時、購読を打切ったのか。杉本はこのことに興味を覚える。

幸い「甲信新聞」は自宅に届いている。この一ケ月の綴込みを丹念に調べてゆく。そして「臨雲峡の山林中で営林局の役人が男女の心中死体を発見した」という記事を見つける。「「これだな」と杉本隆治は思わず口から言葉を吐いた」。第一の山場である。潮田芳子は、この記事が出るのを待っていた。なぜか。いよいよ潮田芳子に興味を覚えた杉本は「私立探偵社」に頼んで、彼女のことを調べてもらう。

「私立探偵社」（興信所）は近代の産物である。村社会から都市社会になり、人間関係が複雑になると他人の情報が大事になってくる。永井荷風の日記『断腸亭日乗』を読むと、荷風は昭和のはじめ、付合っている私娼の身許を調べるためにしばしば探偵社を利用している。例えば、昭和九年三月五日。「午後探偵業岩井三郎事務所を訪ひ、（私娼）黒沢きみ身元探索の事を依頼す」。岩井三郎は大正時代から事務所を開いていた有名な探偵。この時代から個人の秘密を探る職業が生れている。

戦後、高度成長の時代に入ると、個人の秘密という情報はいよいよ商品価値が高くなる。短篇「顔」（昭和三十一年）では、主人公の俳優が、かつての犯罪の重要な目撃者となる男のことを調べるために、毎年のように興信所に調査を依頼する。長篇『事故』（昭和三十八年）では、興信所の所長自身が重要人物になる。短篇「共犯者」（昭和三十一年）で、家具の月賦販売店で成功した男が、かつて共に銀行強盗を働いた共犯者の動向を探るために、地方紙に広告を載せ、調査のための〝記者〟を雇うのも、興信所の役割をさせるため。「地方紙を買う女」でも、杉本は潮田芳子の素性を知るために、興信所を使う。興信所の調査の結果、杉本は、潮田芳子がバー勤めをしていること、世田谷のアパートで一人暮しをしていること、ソ連に抑留されている夫がまもなく帰国することなどを知る。杉本はこれだけ情報を得たうえで渋谷のバーに行き、潮田芳子に会う。何度か会ううちに、彼女が男女の心中死体に関わっていることを確信してゆく。

この小説は、最後、潮田芳子が杉本隆治に送った手紙（遺書だと分かる）が紹介されることで終わる。犯人探しの物語ではないし、有名な小説だから、その内容をここで紹介してもいいだろう。

芳子はある時、デパートで万引きをした。警備員に万引犯として捕えられた。芳子の弱味を握ったその警備員（映画では、大滝秀治）は、その後、芳子にしつこく付きまとうようになった。芳子にとっては「地獄」だった。追いつめられた芳子は臨雲峡に、警備員とその愛人を連れ出し、青酸カリを入れた手製のおはぎを食べさせて殺した。あとは自分が自殺するしかない。

芳子はなぜこんな犯行を告白する手紙を、杉本に書いたのだろう。

杉本に決定的な証拠を握られたわけではない。否定しようと思えば出来る。細かいことで言えば、芳子のような普通の人間がどうやって青酸カリを手に入れたのだろう。罪のないデパートの女店員を殺したことに罪悪感はあったかもしれないが、しつこく付きまとう警備員を殺したことに罪の意識はなかったろう。いわば正当防衛である。

何よりも長年、待ち続けた夫が遠からず帰るという時に、自殺するだろうか。手紙にも「わたしは、夫をどうしても欲しいのです」と書いている。

それなのになぜ、作家の杉本に手紙を書いて、自殺するのだろう。考えられるのは、芳子が、夫に対して罪悪感を持っていたためだろう。仕方がなかったこととはいえ、警備員に身体を汚されてしまった。もし夫が無事に帰ってきたら、このことは絶対に隠しておかなければならないことだった。その「秘密」を隠すためにも、警備員は殺さなければならなかった。『ゼロの焦点』(昭和三十五年)で金沢の大きな会社の社長夫人になった女性が、戦後、立川で米軍相手の「パンパン」をしていたという過去の秘密を人に知られないように殺人を犯したように。

夫には会いたい。しかし、秘密は知られたくない。その板挟みから罪を犯した。戦後の混乱期を女ひとりで生きてきた芳子の悲しみが浮きあがってくる。「地方紙を買う女」は、戦争の傷がまだ日常のどこにも見え隠れしていた昭和三十年代のはじめに、書かれるべくして書かれた、悲しい物語である。

物語の生まれる場所、甲州――「絵はがきの少女」に始まる

「地方紙を買う女」には、主人公の潮田芳子が一人、「K市」の駅前の食堂で「中華そば」を食べたあと、町を歩くくだりがある。

一人暮しの女性が、旅に出て、駅前の食堂で「中華そば」を食べる。どこかわびしい。その店は「うら寂しい飲食店」であり、女店員は「中華そば」が出来るまで「粗末な卓」の上に「いかにも地方紙らしい、泥くさい活字面の、鄙《ひな》びた新聞」を置いた。

芳子の視点の文章で、ことさらわびしさが強調されている。あとで分かってくるが、このあと芳子は、犯罪を犯すことになる。追いつめられているから、いっそう食堂は、うら寂しく、テーブルは粗末で、地方紙はひなびて見えたことだろう。

「中華そば」という言葉は、この時代らしい。昭和二十八年に日清食品が即席の「チキンラーメン」を発売するまでは「ラーメン」より「中華そば」のほうが一般的だった。

「うら寂しい飲食店」を出たあと、芳子は一人で「K市」を歩く。ここの描写は明らかに

甲府と分かる。

「町は盆地の中にある。この冬には珍しい暖かな陽ざしが、高地の澄んだ空気の中に滲《し》み溶けていた。盆地の南の涯《はて》には、山がなだらかに連なり、真白い富士山が半分、その上に出ていた」

「町の通りの正面には、雪をかぶった甲斐駒ヶ岳があった」

甲府は甲府盆地の中にある。「冬には珍しい暖かな陽ざし」とあるが、甲府は山に囲まれているのに冬、意外に晴天が多い。甲府の西南に位置する明野《あけの》町は年間の日照時間が長いので知られる。「真白い富士山が半分、その上に出ていた」という描写も正確。静岡県では富士山は山裾まで壮大に見えるが、山梨県では富士山は前の山に隠れるようにして、上の方だけ顔を出す。いわゆる「裏富士」。

「甲斐駒ヶ岳」は言うまでもなく、甲府の西に位置する実在の山。芳子は、まるで末期の目で見るように、「K市」（甲府）を取りまく山々を見やりながら、「何かがそこで始まろうとしている」現場、「臨雲峡」（昇仙峡）へと向かうことになる。

『ゼロの焦点』でも主人公の禎子は、鵜原憲一との新婚旅行に甲府の湯村温泉と昇仙峡に出かけたが、松本清張の小説には実によく山梨県が登場する。

初期の短篇の秀作に「絵はがきの少女」(昭和三十四年)がある。珍しく殺人事件はからまない。一種の恋愛小説といっていいだろう。主人公と相手の女性は一度も会うことはないのだが。

小谷亮介という若い新聞記者がいる。子供の頃、絵はがきを集めるのが好きだった。子供が切手集めに夢中になるように、絵はがきに惹かれた。

「少年のときから亮介は、知らない、遠い土地に憧れるくせがあった。さまざまな絵はがきは、その夢を充たしてくれた」「それら(絵はがき)を何度も眺めているうちに、それぞれの景色は頭の中に滲《し》み入り、まるで旅したことのある土地のように彼には馴染《なじ》み深いものになった。何回、くりかえしても、少しも飽かなかった」「小学校のときは地理が一番好きだった」。

この亮介には、旅好き、地理(地図)好きだった清張自身の少年時代が投影されていよう。短篇「ひとり旅」(昭和二十九年)の旅好きな主人公、田部正一が「小学校の時は地理が好きであった」というのと重なる。「田部が大人の本をよんだ最初のものは、田山花袋の紀行文であった」とは、自伝『半生《はんせい》の記』(昭和四十年)の「花袋の場合は「蒲団」「一兵卒」などよりも、前から彼が書きつづけていた紀行文のほうに惹かれた」と同じ。

松本清張が現在で言うトラベル・ミステリの先駆者であることは間違いないが、清張の旅好きは小学校の時の地理好きから始まっている。

初期の短篇の秀作に「駅路《えきろ》」（昭和三十五年）がある。世捨人志向の男を描いたもので、銀行を定年退職した男が、退職後の職場を紹介されてもそれに就かず、失踪してしまう。残された妻が捜索願を出す。刑事が家を訪問し、男の趣味がカメラと旅行だと知り、写真帖を見せてもらう。

そこで刑事はあることに気づく。写真の旅先は東尋坊、永平寺、下呂、蒲郡、城崎、琵琶湖、奈良、串本など。どこも名勝地ばかり。普通、孤独好きで一人旅をする人間は、こんな観光地には行かない。この旅先を見て刑事は女が連れ添ったに違いないと考える。このあたり、旅慣れた清張らしい着眼である。

「絵はがきの少女」の小谷亮介には、集めた絵はがきのなかでも、とりわけ大事にしていた一枚があった。

富士山の絵はがき。それも、静岡県から見た裾拡がりの壮大な富士ではなく、連山の上に少しだけ頭を出した、山梨県から見た「裏富士」だった。絵はがきの説明には「山梨県K村付近より見た富士の偉容」とある。亮介がさらにこの絵はがきに惹かれたのは、写真のなかに、七歳か八歳の農家の子供が写っていて、その女の子が可愛かったから。「妙に低い富士山を背景にした貧しい田舎の少女は、子供心に他の絵はがきのいかなる人物よりも幻影を残した」。

亮介は学校を卒業して新聞社に入る。学芸部の記者になる。ある時、甲府の近くの温泉で仕事をしている作家に会いに行く。

そこで、子供の頃から心にとめている富士の絵はがきの写真が撮られたK村に行くことを思い立つ。もしかしたら大人になったあの少女に会えるかもしれない。ロマンチックな旅である。

このK村は確定できないが、甲府の北を車で三十分ほど走り、釜無川を渡ったあたりとある。甲府と韮崎のあいだになる。亮介はK村で、絵はがきと同じ村の風景が残っているのを見て心を震わせる。しかし、少女は当然のようにいなかった。村人によれば、十四、五年前、茅野《ちの》の寒天問屋の若旦那に「器量《きりょう》を望まれて」結婚したという。

それを聞いた亮介は、「えみ子」というその少女がいまどうしているか、幸福かどうかが気になり、憑かれたように彼女の行方を追う。ウイリアム・アイリシュの『幻の女』の女性探しを思わせる執念で。あるいは若き日の夢を追慕する点では、ジュリアン・デュヴィヴィエ監督の往年の名画『舞踏会の手帖』（一九三七年）を思い出すことも可能だろう。

亮介は、絵はがきのなかでしか知らない少女の幻影を追って、彼より十歳ほど年上という「えみ子」の跡を辿る。静岡、岡山、松山、最後は山口県の柳井。転居するたびに「えみ子」は不幸になり、ついに柳井で自殺したと分かる。

女性の自立などまだ遠い先だった時代、田舎育ちの女の子は、きれいだったばかりに男たちに翻弄され、不幸のなかで死んでいった。悲しい物語である。清張が、殺人事件の起らないこういう、すれ違いのラブストーリーを書いていたことは注目していい。そして物語のはじまりを山梨県に置いた。「地方紙を買う女」といい、「絵はがきの少女」といい、清張にとって甲州は特別な「物語の生まれる場所」だったのではないか。

実際、清張作品には実によく山梨県が登場する。時代小説では短篇「甲府在番」(昭和三十二年)をはじめ、『無宿人別帳』(昭和三十三年)、遺作となった『江戸綺談　甲州霊嶽党』(平成四年)などが思い浮かぶ。

現代ものにはさらに多い。いくつか印象に残っている作品を挙げてみよう。

これも「絵はがきの少女」同様、殺人の起らない、ミステリというより恋愛小説といったほうがいい『波の塔』(昭和三十五年)。

人妻の頼子は、若い検事の小野木と不倫の関係にあり、ある時、二人はお忍びで山梨県の「S温泉」に出かける。身延線の沿線にあるという設定だから下部温泉と思われる。井伏鱒二が愛した温泉。

二人が泊った夜、山梨県は嵐に襲われる。身延線が不通になる。どうしても東京に帰らなければならない二人は悪天候のなか山越えをして、富士宮のほうへ出る。


「今西栄太郎は中央線に乗った。行先は（山梨県の）塩山である」

ご存知、『砂の器』（昭和三十六年）。蒲田操車場で起きた殺人事件を追う刑事、今西栄太郎は、偶然、ある大学教授が週刊誌に書いた、列車の窓から何か紙らしきものを飛ばして捨てた女性についての随筆「紙吹雪の女」を読んで、ひょっとすると事件の手がかりになるのではないかと思う。

女性は、犯人の血のついたシャツを捨てたのではないか。その場所が中央本線の塩山付近と聞いて、刑事は必死に線路脇を探しまわる。夏の炎天下、ついに笹子トンネルの近くで目ざすシャツを見つけだす。

『砂の器』というと、島根県の亀嵩があまりに有名だが、この中央本線のくだりも忘れ難い。山梨県好きの清張ならではの設定。女性が乗るのはとくに中央本線である必要はないのだが、清張としては、彼女を中央本線に乗せて山梨県に行かせたかったのだろう。「絵はがきの少女」の余韻がまだ清張のなかに残っている。

長篇『黒い樹海』（昭和三十三年）では、姉が浜松でのバスの事故で死んだ、その死に方に疑問を持った妹が、バスのなかで死んだ妹を置き去りにして姿を消した卑劣な男は誰かを探る。ちなみに、この作品は、昭和三十五年に大映で映画化されている（原田治夫監督）。ヒロインの妹を演じたのは当時の大映の若手スター、叶順子。

小説では、姉の死の謎を追う妹が、手がかりを追って、浜松の食堂で働いていた女の子が、山梨県の実家に帰ったと聞いて、訪ねてゆく。『波の塔』でお忍び旅行の二人が乗ったのと同じ身延線に乗る。

行先は、『波の塔』の「S温泉」（下部温泉）に近い、波高島《はだかじま》。主人公の祥子は、新宿から準急「穂高」に乗り、甲府で身延線に乗り換える。波高島という相当の鉄道好きでも知らないような小さな駅、町を登場させる。亀嵩《かめだけ》や五城目、安心院と同じように、地図を見ていて面白い地名に興味を覚えたのだろう。このあたり、旅好きにはたまらない。

身延線は長篇『考える葉』（昭和三十六年）にも登場する。戦時中の隠匿物資をめぐる社会派ミステリだが、このなかに村田露石という書道家が出てくる。書道家だから当然、硯に興味を持っている。

身延線の沿線には硯作りで知られる村がある。露石はある時、東京からその村へ行く。

中央本線で甲府まで行き、そこで身延線に乗り換える。甲府駅では案内役の「甲府の硯屋」が出迎えている。

「甲府駅のホームを改札口の方に出ないで、別のホームの方に歩いた。そこには、貧弱な列車が六両ぐらい連結して待っていた」

『波の塔』『黒い樹海』で描かれた身延線がここにも登場する。清張の山梨県好きがうかがえる。書道家の露石は、「甲府の硯屋」と身延線に乗り、身延駅で降りる。そこからは車に乗り、身延山の裏手にある硯の村へ行く。この村の名は「落石《おちいし》」と架空になっているが、早川町の雨畑ではないかと思われる。現在でも「雨畑硯」で知られる。清張はこういう小さな村のこともきちんと調べ、小説のなかに書き込んでいる。「地理好き」が徹底している。

さらに『考える葉』では、山梨県から東京に出て来た青年が事件を追うが、この青年は「身延山の裏」の落石（雨畑）の出身という設定。物語の中心に山梨県がある。『考える葉』は昭和三十七年に東映で映画化された。佐藤肇監督。事件を追う青年を演じたのは江原真二郎。

短篇の秀作に「すずらん」（昭和四十年）がある。松本清張の作品では、普通の恋愛はほとんど描かれない。たいていは、不倫という世をはばかる関係。その秘密が発覚しそうになると、社会的地位のある男が相手の女性を殺す。この話が非常に多い。

「すずらん」では新進の画家が、ひそかに付き合っている女性を殺す。女性は、力のある画商の愛人。ことが知れたら画家の将来は危うい。殺害を決意する。

冒頭、二人は東京から中央本線に乗って小淵沢に向かう。山梨県の中央本線の主要駅だが、駅とその周辺が思いの外、小さい。現在でも町に高い建物はほとんどない。「この淋しい駅で降りたのは二十数人くらいである」。小海線との接続駅だからにぎやかと思うが、夏を除いては「淋しい駅」。危うい関係にふさわしい。

二人は小淵沢で小海線に乗り、信州の小諸まで行き、そこから信越本線で、宿泊を予定している戸倉温泉に向かう。

普通、東京から戸倉温泉に行くのなら上野から信越本線で行ったほうが一本で早い。それなのになぜわざわざ面倒な二度の乗換えをして行ったのか。この行き方は、知った人間に会う可能性が低いと画家は考えた。愛人との関係を人に知られたくない男には小淵沢の「淋しい駅」がいい。

しかも、彼はこれから女を殺そうとしている。目撃者に警戒しなければならない。この小説ははじめから画家が犯人と分かっている。倒叙もの。アリバイ崩しが重要になる。

愛人が旅に出て行方不明になった。画商が警察に失踪届を出す。警察が動く。女は北海道に旅すると言っていた。なるほど見つかったカメラのフィルムには北海道のすずらんの群生地で撮影された彼女の姿がとらえられている。十勝のすずらん高原らしい。とすると、彼女は北海道で殺されたことになる。画家にはアリバイがあり、北海道までは行けない。しかし、捜査が進むにつれ、小淵沢の近くにも、美しの森というすずらんの名所があることが分かってくる。

しかも、「淋しい駅」の筈の小淵沢駅に思いがけず目撃者がいた。駅の売店の女の子が女性のことを覚えていた。珍しいブローチをしていたから。この女の子は「絵はがきの少女」の村の少女を思い起させる。

小淵沢駅は、長篇『不安な演奏』（昭和三十六年）にも登場する。ある雑誌の映画記者、宮脇平助が素人探偵になり、選挙違反がらみの殺人事件を追うことになる。発端は宮脇が、湯島あたりの連れ込み旅館でひそかに客室で録音されたテープを聞いたこと（このテープは当時、新製品として売出されていた「ソノシート」というのが懐かしい。あまり使い勝手がよくなくすぐに消えた）。そこには、正体不明の二人の男が殺人の打合せをしているらしい会話が録音されていた。

ある時、宮脇は事件の手がかりを追って、小淵沢に行く。宮脇はこれまでもよく中央本線に乗っていて「小渕沢という駅は山の中にぽつんと建ってるように記憶している」。ここでも、小渕沢が小さな駅であることが強調されている。松本清張の作品にはこういう地方の駅がよく登場することで、ローカル色の厚味が出る。

『不安な演奏』には、謎解きとは離れて、旅情を誘ういい場面がある。小渕沢からさらに山奥の村を訪ねた宮脇は、帰り、バスで韮崎に出る。町に着いた時は夕暮れだった。駅の時刻表を見ると、あと二十分ほどで新宿行上り準急が来る。それまでの時間、彼は駅前の食堂に入って夕飯をとる。

「旅とは言えないにしても、独りでこういう場所で侘しい夕飯をとっていると、そぞろ旅愁めいたものを感じる」

はじめての駅の駅前食堂で食事をする。それに「旅愁」を感じる。この主人公も、そして作者の清張も旅好きであることが、こういうくだりでうかがえる。

『砂の器』では、上野から夜行で秋田県の羽後亀田に出かけた二人の刑事が、朝、羽越本線の羽後亀田駅で降りると、駅前の食堂に入り、朝食を取る。天丼を食べながら若い刑事がこんなことを言う。

「こうして、いろいろ出張するでしょう。そうすると、あとでその土地土地の景色よりも、ぼくは、食べ物の味を一番に思い出すんです」

ここにも清張の旅好きぶりがあらわれている。「地方紙を買う女」で、芳子がK市の駅前の食堂で中華そばを食べるのも、「旅愁」のあらわれだろう。

昭和三十八年から三十九年にかけて「週刊文春」に発表された中篇『事故』は、非常によく出来たミステリ。これも結末を書いてしまうのはお許し願いたい。清張ミステリは、謎解きもさることながら、動機、犯人の心理が重要になるので、通常の犯人探しミステリとは事情が違う。結末を書いても許されるのでは。

杉並区のある家に、運送会社のトラックが飛び込む事故が起る。発端。幸い死者は出なかった。この小説の発表時は、ちょうど東京オリンピックが開かれようとしている頃。日本の社会は急速に車社会化している。事故も増える。

運送会社には事故を処理するための専門の人間がいる。高田京太郎という総務課のベテラン。早速、トラックが飛び込んだ家へ謝罪に行く。普通なら怒られるところだが、応対に出たその家の婦人（重役夫人）は、意外なことに優しい、そればかりか、加害者である運転手をあまり責めないでとまで言う。珍しい話である。なぜなのか。日常の暮しのなかのちょっとした異常。そこから物語が始まってゆく。

この小説も山梨県が舞台になる。山梨県内でたて続けに二つの殺人事件が起る。まず韮崎駅の近くの村の断崖下で、若い男の死体が発見される。運転免許証などから、杉並区で事故を起した件の運転手であることが分かる。

続いて甲府の北の千代田湖の湖畔で三十代の女性の絞殺死体が見つかる。「千代田湖は、甲府市の北四キロの和田峠の下に南北一キロにひろがった人造湖で、戦時中、灌漑用水のため造られた丸山貯水池の戦後の名称である。周りは松林に囲まれた美しい海抜六〇〇メートルの湖で、春にヘラ鮒釣り、ボート遊び、冬は結氷してスケートと、甲府市民に愛されている」。

もうひとつの殺人事件、千代田湖畔で殺された女性は、東京の興信所の所員で、浮気の調査のため、調査対象が泊った甲府市内の湯村温泉まで来ていたことが分かる。湯村温泉は『ゼロの焦点』で禎子が新婚旅行で泊ったところ。清張はここで「物語が立ち上がる場所」としてまたしても甲府を選んでいる。

二つの事件は、同じ犯人と分かってくる。この男は、信州出身で隣りの「山梨県はかなりよく知っている」。だから犯行現場に、韮崎近くの断崖絶壁と、甲府に近い千代田湖を選んだ。いうまでもなく清張自身が「山梨県はかなりよく知っている」からだろう。

殺された女性は興信所で働いていた。所長が遺体を確認する。この所長は、実は、ある女性と不倫の関係にあることが分かってくる。相手はかのトラックが飛び込んだ家の夫人。夫の浮気の調査を依頼したのがきっかけで、所長と深い仲になった。

女性の夫のほうも、妻がどうも不倫をしているらしいと疑い、同じ興信所に妻の調査を依頼する。なんと、所長は、夫人の不倫相手、つまり自分を調べることになる。このミステリの面白さだが、これは、ケネス・ファリングのミステリの古典『大時計』を思い出させる。ニューヨークの出版社で犯罪雑誌の編集長をしている男が、ある行きがかりから、殺人の目撃者になる。この目撃者が世間では分かっていない。犯罪雑誌の編集長として、目撃者、つまり自分を探すことになる。『事故』の興信所の所長と立場が似ている。

ちなみに「刑事コロンボ」のなかで評価の高い「指輪の爪あと」（一九七一年、バーナード・コワルスキー監督）では、私立探偵（ロバート・カルプ）が大金持の夫人を殺し、当の夫（レイ・ミランド）から犯人を探すように依頼される。「犯人探しを、犯人自身が行なうジレンマ」の面白さ。

松本清張はこれを『事故』で取り入れている。

山梨県に話を戻す。

松本清張はなぜこんなにも山梨県に惹かれ、作品の舞台にしているのだろう。

まず考えられるのは、先輩の推理小説作家、木々高太郎の存在。清張は、木々高太郎の推薦で「三田文学」に「或る「小倉日記」伝」を発表し、それが芥川賞を受賞したので、木々高太郎に恩義を感じていた。

その木々高太郎は甲府の出身（父親は医者）。県立甲府中学校（現在の甲府第一高等学校）から慶應義塾大学に進んでいる。恩人とも言うべき先輩作家が山梨県の出身。それで山梨県に興味を覚えたのではないか。

山梨県立文学館では二人の関係に着目して、二〇〇二年に「松本清張と木々高太郎」という企画展を開いている。清張にとって甲州は木々高太郎を通して親しい地になった。

他方、武田信玄への興味もある。清張は、『信玄軍旗』（昭和三十一年）を書いている。この時、資料集めや取材で甲州各地を旅している。それで「山梨県はかなりよく知っている」ようになった。

山梨県は東京に近い県でありながら、現在でも、まだひなびた感じを残している。中央本線の下りに乗ると分かるが、山梨県に入ると、緑が深くなり、里の風景が広がりはじめる。小淵沢の駅は、駅舎が最近、新しく橋上駅になったが、町の風景は、いまだに高い建物がなく昔と変っていない。身延線の沿線もローカル色が強い。

山梨県は新幹線が走っていない。甲府市の人口は二十万人を切っている。県庁所在地で二十万人弱というのは、他に、鳥取市と山口市があるくらい。しかも、山梨県には、十万人を超えている町は他にない。県内第二の都市がない。「地方」の出身者で、日本の社会をつねに「東京」と「地方」の対比で見ていた清張にとって、山梨県は、東京に近い大いなる「地方」だったのではないか。

そして、風景そのものもローカル色が強い。「松本清張と木々高太郎」展の図録には、興味深い記述がある。

「清張の推理小説は、その土地の特色を生かした事件設定やアリバイを構築するところに魅力の一つがある。山に囲まれた甲州の、人目に付かない寒村やひなびた温泉、東京からさほど離れていないといった地理条件が、数々の名作の舞台となった所以であろう」。

その通りだと思う。社会の底辺にいる人間を描くことの多い清張にとって「山に囲まれた甲州の、人目に付かない寒村や、ひなびた温泉」は、絶好の「物語の生まれる場所」になった。

「絵はがきの少女」を思い出してほしい。そこに写っている富士山は、静岡県で見られる山裾まで見える堂々たる山ではなく、前の山々に隠れるようにして上のほうだけを見せる「裏富士」だった。

社会の表より、裏のほうをこそ描き続けた松本清張が「裏富士」の見える甲州に惹かれたのは分かる気がする。

「絵はがきの少女」の若き新聞記者の亮介は、子供の時に大事にしていた「山梨県K村付近より見た富士の偉容」の絵はがきに写っている女の子が忘れられず、ある時、中央本線に乗る。車窓からはじめて「裏富士」を見る。

「（甲府までの）途中、盆地を走る汽車の窓から眺めた富士山は、なるほど絵はがき通りに八合目から上だけを覗かせていた。近景の連山が裾を屏風のように立て回して隠しているので、頭だけの低い富士山になっていた。盆地の近くには霞《かすみ》が立っていた」。

はじめて「裏富士」を見た時の亮介の心の震えが伝わってくる。これは、おそらく松本清張自身がはじめて「ひっそりとした裏富士」を見た時の感動を重ね合わせているのだろう。富士山は決して堂々たる大きな山ではない。小さな山なのだ。それを見て育ってきた人間もいるのだ、と、清張は強く思っている。

第2章

昭和の光と影

東京地図から浮かび上がる犯罪――『歪んだ複写』

『歪んだ複写』は、昭和三十四年（一九五九）から翌三十五年にかけて「小説新潮」に発表された。昭和三十年代の東京が舞台になっている。

「税務署殺人事件」と副題にあるように、東京のある税務署の元署員の殺人事件、そこから浮かび上がってくる署内の腐敗を描いている。

その年の十一月、「東京の西の繁華街といわれるS地区」（新宿）から始まる。

「K通りは、近くに劇場や映画館が集っていて、近所は、キャバレー、バー、ナイトクラブ、料理店といった店が、これも銀座裏と同じようにひしめいている、夜の遊び場であった」

「K通り」とあるのは区役所通りのことだろう。「近くに劇場や映画館が集っていて」とは、歌舞伎町の映画街をさしている。

歌舞伎町は戦後に生まれた新しい町である。戦前は、府立第五高等女学校（現在の都立富士高校）があるくらいな静かなところだった。昭和二十年四月の空襲で焼け野原になり、女学校は戦後、中野区へ移転したため、広大な空地が生まれた。そこでここに一大娯楽街を作ろうという計画が、地元の人たちによって提案された。歌舞伎町という名は、「新宿にも歌舞伎座を」という夢から生まれた。結局、実現には至らなかったが。

昭和二十三年に第一号の映画館として地球座が開館したのを皮切りに、開発が進み、新宿劇場（昭和二十七年）、グランド・オデヲン（昭和三十年）、コマ劇場（昭和三十一年）と、新しい映画館が次々に生まれ、映画の町になっていった。

この小説が書かれた昭和三十年代なかばは歌舞伎町が、銀座や浅草に代わる盛り場のにぎわいを見せ始めた頃である。

「K通り」から一歩奥に入ったところに「春香《はるか》」という料理屋がある。板塀をめぐらした二階家で、このあたりではいちばん大きい。現在の区役所通りには、こんな料理屋はもうないが、昭和三十年代のなかばには、にぎやかな新宿とはいえ一歩奥に入れば、隠れ家のような料亭があったのだろう。

「春香」というその料亭の近くに三十歳前後の「安サラリーマン」風の男が立っている。もう二週間近く、毎日のようにやって来て「春香」のほうを見ている。やがて「春香」の前の「バー・リオ」に入ると、窓際の席に座り、じっと「春香」のほうを見ている。ハイボール二杯で四時間もねばる（ハイボールは昭和三十年代に流行った。小津安二郎の映画にもしばしば登場する）。

この男は、何者なのか。夜の新宿で何をしているのか。


年が明けて三月の末、中央線の武蔵境駅から北へ二キロほど行った宅地造成地で、男の死体が発見される。

武蔵境あたりはこの時代、まだ武蔵野の面影が残っている。しかし、「東京都の人口がふくれて、このあたりにも急激に人家の波の端が押しよせてきた。アパートや公団住宅が次々に建った。今では、近代的な建物と畑を挟んで藁《わら》屋根が見える」。

農家が田畑の一部を切り売りする。土地の値上がりと宅地の侵入に農家は抗し切れない。その日も、測量技師が農地に入り、宅地にするための測量をしていたところ、土の状態がおかしいので掘ってみたら死体があらわれた。

死後二ヵ月くらい経っている。被害者の年齢は三十歳前後。指の具合から肉体労働に従事する者ではなく、事務系の仕事についていると思われる。

捜査本部が置かれる。各紙が事件を報道する。記事が載って数日後、大手新聞社の社会部記者、田原典太《たはらてんた》は若い女性の訪問を受ける。

杉並区の高円寺で、母親がアパートを持っているというその女性は、記事にある被害者は、アパートに住んでいた住人ではないか、と言う。確証はないのだが、そんな気がする。沼田嘉太郎という。一日中、部屋にいるかと思うと、朝出たきり夜遅くまで帰らない。何の仕事をしているか分からない。ただ、彼女の母親が税金のことで愚痴を言うと、「税金ならぼくが何とかしてあげますよ」と言った。税関係の仕事をしているのだろうか。

話を聞いた田原記者はデスクや同僚と相談し、独自に事件を追うことにする。刑事のように捜査権がないので事件追及は困難をきわめるが、逆にそこがこの小説の面白さになっている。

沼田嘉太郎は、以前、都内のある税務署の署員だったと分かる。

数年前、「竹川商事事件」という金融事件があった。「竹川商事というのは、誇大な宣伝をして、零細な出資を一般の庶民から集め、戦後メキメキと大きくなった相互銀行まがいの金融会社である。この会社は一年前についに馬脚を現わして倒産した」。

昭和二十八年から二十九年にかけて、政界を巻きこむ事件に発展した「保全経済会」をモデルにしている。

「竹川商事」は大きな脱税もしていた。それを、税務署の高級職員が暗黙のうちに見逃していた。事が明らかになったらまずいと、署内の上司はすべての責任を部下の沼田嘉太郎に押しつけた。沼田は、上司に言い含められ、責任をひとりかぶって退職した。『点と線』をはじめ数々の作品で松本清張が描いてきた役所の汚職である。『点と線』で汚職の責任を下級職員がとらされたように、この小説でも税務署の若い下級職員が泥をかぶる。

しかも、沼田が退職すると上司たちは、たちどころに元職員に冷淡になる。関わりを持つまいとする。それに怒った沼田は、上司の崎山亮久という法人税課長と、野吉欣平という係長に付きまとうようになった。

「春香」という料亭の近くに毎夜のように立ち、また、「バー・リオ」の窓から四時間も外を見ていた男は、沼田嘉太郎だったと分かる。

料亭「春香」で、業者の接待を受けている崎山と野吉を監視していたらしい。ここで、税務署員の悪習が明らかになってゆく。

田原記者は、税務署内の事情に詳しい横井貞章《よこいていしょう》という人物に会いに行く。横井は税関係の業界紙の記者をしていた。

横井は訪ねて来た田原記者に、悪質な税務署員が地位を利用していかにひどいことをしているかを語って聞かせる。

「そんなこと（供応）は悪質な税務署員の常識だよ、会社や商店にタカって、ご馳走になるくらいは日常茶飯事さ。連中にとってはおおっぴらなんだからな。供応をうけることが悪いとも、汚職とも、全然考えていないよ。そんなものは税務署員の悪質手口とは言えん（つまり、彼らはもっとひどいこともしている）」

さらに横井は、田原記者に税務署内の階級差について語る。

署員には「学士」といわれる幹部候補生と「兵隊」と呼ばれる下積みがいる。「学士」は出世の階段を順調に昇ってゆくが、「兵隊」は課長クラスが行きどまりになる。

「従って『学士』の方には汚職は無いが、『兵隊』の方は、大体、課長クラス程度が行きどまりであるために、その位置にあるときに、できるだけ余生を有利にしようとして、収賄などの汚職をやるものが多い」

階級差に敏感な松本清張らしく、横井にこう言わせている。殺された沼田がいた税務署では、法人税課長の崎山と野吉が「兵隊」、尾山正宏というまだ三十歳くらいの若い署長は、大蔵省から来た東大出の幹部候補生で「学士」ということになる。

田原記者は、「兵隊」の崎山と野吉が沼田殺害に関わっているのではないかと疑い、二人の身辺を洗う。尾行、張込みを続ける。やがて、「春香」で働く「なつ」（本名、堀越みや子）という仲居から耳寄りな話を聞く。

「なつ」は崎山に惚れていた。しかし最近、崎山に冷たくされ（おそらく崎山は沼田に付きまとわれ、彼女との関係を清算しようとしたのだろう）、意趣返しで田原記者に、崎山が沼田と会った日のことを話す。

崎山は沼田のことを何とかしなければならないと追いつめられ、係長の野吉と共に沼田に会い、話し合うことにした。その席に「なつ」も同席した。

会った場所は調布市の深大寺。昭和三十年代にはまだ、東京郊外の静かな寺である。

「深大寺というのは東京の郊外で、中央線の三鷹駅から数キロも離れた寂しい場所である。そこは深大寺という古いお寺があって、近所はソバの名所としても知られていた」

そんな交通の便の悪い「田舎」を、なぜ崎山は選んだのか。

ちなみに松本清張は、昭和三十四年から三十五年にかけて「女性自身」に連載した『波の塔』にも深大寺を登場させている。若い検事と人妻の世を忍ぶ恋愛を描いているが、二人はひそかに会う場所として深大寺を選ぶ。郊外の「田舎」の寺は、密会には適しているのだろう。

「ケヤキ、モミジ、カシの樹林は陽をさえぎって、草を暗くしていた。径の脇には去年の落葉が重なって、厚い朽葉《くちば》の層の下には、清水がくぐっている。蕗《ふき》が、茂った草の中で老いていいた。

深大寺付近はいたるところが湧き水である。それは、土と落葉の中から滲みでるものであり、草の間を流れ、狭い傾斜では小さな落ち水となり、人家のそばでは筧《かけひ》の水となり、溜め水となり、粗《あら》い石でたたんだ水門から出たりする」

深大寺は、まだ武蔵野の面影を濃く残している。『波の塔』は昭和三十五年に、中村登監督、有馬稲子、津川雅彦主演で映画化。深大寺でロケされ、東京の「田舎」の寺が全国に知られるようになった。

崎山課長は、元署員の沼田と会う場所になぜ深大寺を選んだのか。ただ、人の姿の少ない寂しいところだから、だけが理由か。

田原記者は同僚と事件の話をしていて、突然、武蔵野の地理に思い当る。「深大寺という土地は重大だぞ」。

沼田の死体が見つかったのは、武蔵境駅の北に二キロほど行ったところ。崎山と沼田が会った深大寺は、三鷹駅から約四キロほど南に行ったところ。

そしてある時、尾行して分かったことだが、崎山の自宅は吉祥寺にある。武蔵境の現場、深大寺、吉祥寺。「つまり、この三つの地点は、吉祥寺を頂点としてほぼ二等辺三角形をなしているよ！」（小説には、ここで地図が添えられている）。

崎山の容疑が深まる。崎山が、うるさく付きまとう沼田を、係長の野吉と共謀して殺害したのではないか。

先が見えてきた矢先、事件は思いがけない展開を見せる。二つの殺人事件が起きる。ひとつは、田原記者が税務署の内部事情について教示を受けた横井貞章が殺される。田原記者は横井に、崎山を調べてほしいと頼んでいた。依頼を引き受けた横井は、ひそかに崎山を調べていたらしい。数日後、田原記者は横井から電話をもらった。調べは順調らしく、明日にはすべてが明らかになるだろうと横井は言った。「犯人は階段だ」という謎めいたことも。

その直後に横井は殺された。

四月なかば、絞殺死体が大森の平和島海岸で見つかる。新聞記事に、平和島海岸は次のように説明される。

「なお、現場は、夏場は海水浴や夜間の納涼大会などでにぎわうが、冬から春にかけては、昼間、ヘルス・センターと称する所に多少人出があるくらいで、夜間は全く通行者が途絶えている。被害者は前夜の九時から十二時ごろに現場で殺されているが、その場所は羽田側の海岸なので、ことさらに人が寄りつかず、犯人はこの場所を知っているものと思われる」

平和島は人工島。小関智弘『大森界隈職人往来』（岩波書店）によると戦時中、アメリカ兵などの捕虜収容所があった。戦後は戦犯収容所となり、巣鴨プリズンに移されるまで東条英機などA級戦犯が収容されていたという。

昭和三十年代に入ると、そこにレジャー施設が作られた。昭和三十年代の東京の町々を紹介している名著、サンケイ新聞社編『東京風土図』（社会思想社）には当時の平和島について、「海岸と島との間の海面が競艇場で、大衆娯楽場、平和島温泉や子どもプールなどがあり、涼を求めるころは、すごい活気を呈している」。

にぎやかな遊興の地だが、夜になると通行人が途絶える。だから「犯人はこの場所を知っているものと思われる」。

殺された横井は、崎山のことを調べていた。真相をつかんだ直後に殺された。犯人は崎山以外に考えられない。

田原記者は崎山を追う。そこでまた、思いもかけない事件が起こる。沼田と横井を殺害した犯人とばかり思っていた崎山が殺されてしまう。第三の殺人である。

田原記者は、新宿の料亭「春香」の仲居「なつ」に会って、崎山のことをさらに聞き出そうとする。ところが「なつ」は、しばらく店を休んでいるという。

田原記者は「なつ」のアパートを訪ねる。

新宿駅の南口から甲州街道を少し西へ行った、小田急線の南新宿駅あたり。

「そこは、甲州街道から横に入ったところだった。夜の空に洋裁学院の黒い建物が、あかあかと灯を点けていた。踏切を越して、その巨大な建物の横に進んだ。なつのアパートは小さな二階建だった」

「踏切」は小田急線のもの。「巨大な」「洋裁学院の建物」とは、文化服装学院のことだろう。この小説が書かれる四年前、昭和三十年に完成した九階建での円形建物は当時、評判になり、同じ甲州街道沿いにある東京ガスの淀橋ガスタンク（現在、新宿パークタワーのあるところ）と共に新宿南のランドマークになっていた（円形校舎は一九九〇年代の後半に取り壊された）。

「なつ」のアパートは「若葉荘」という木造二階建て。昭和三十年代の典型的なアパートである。新宿に近いので「なつ」のような新宿の飲食店で働く人間が多いようだ。

歌舞伎町界隈が盛り場として発展するにつれて、そこで働く人間が住む簡易アパートが、中央線の大久保駅周辺、山手線の新大久保駅周辺、小田急線の南新宿駅周辺、新宿駅南口周辺と、新宿駅を取り巻くように作られてゆく。一種のベッド・タウンであり、その名残りが現在も大久保駅周辺、新大久保駅周辺にも残っている。

田原記者は同僚と「なつ」の部屋に行く。しかし「なつ」はいない。部屋から異臭がする。「なつ」の身に何か起こったのではないか。心配になった田原は近くの巡査を呼んで部屋の中を調べてもらう。

悪臭のもとになっている押入れを開ける。巡査が懐中電燈で奥を照らす。田原記者も巡査の横に並んで中を覗きこむ。

腐乱死体がある。「なつ」のものか。

そうではなかった。なんと死体は崎山だった。二つの殺人事件の犯人だとばかり思っていた崎山が殺された。事件は振出しに戻ってしまう。崎山は「なつ」に殺されたのか。それなら「なつ」はいまどこにいるのか。

「なつ」は数日前、同僚に五反田駅の跨線橋を歩いているところを目撃されている。楽しそうだったという。しかしそれ以後、姿を消した。


田原記者は「なつ」の行方を追う。青梅街道沿いの警察署に行くくだりでこんな文章がある。「折から都電の通りは地下鉄の工事をやっているので、いやに道路が狭い」。

戦後、東京に作られた最初の地下鉄、丸ノ内線の工事のことを言っている。丸ノ内線は昭和二十九年にまず池袋―御茶ノ水間が開業し、その後、淡路町へ、東京へ、西銀座へと順次開通し、昭和三十六年に最後の荻窪駅へと通じる。昭和三十年代の東京は、丸ノ内線の開通と共に町の様子が変わってゆく。

「なつ」の行方を追う田原記者は、以前、アパートの管理人が話した「なつ」の隣りの部屋の住人のことが気にかかる。

若い女性で、千住のほうから引越してきたという。引越してすぐ、隣りの（「なつ」の）部屋から悪臭がすると管理人に苦情を言った。その段階では悪臭はしなかったと管理人は言う。それにもかかわらず、若い女性は臭いを嫌がり、引越してきたばかりなのに一週間もたたないうちにまた引越していった。引越しには若い男性が手伝いに来た。二人は学生夫婦のようだったという。

どこに引越したかは管理人には分からない。田原記者は新宿周辺の運送会社をひとつひとつ当ってみるが、彼らの引越しの仕事を受けた会社は見つからない。

二人は何者なのか。なぜ一週間足らずであわただしく引越して行ったのか。それも近くの運送会社を使うことなく。

田原記者は事件を整理してみる。落ち着いて考えるために静かなところに行きたい。出来れば水のあるところがいい。

そこで、田原記者は駒込の六義園へ行く。ストーリーとは直接関係ないところだが、松本清張は六義園の様子を詳しく書きこむ。一種の間奏曲になっている。

「元禄時代、柳沢吉保によって別墅《べっしょ》が造られたというこの庭園は、まだ江戸時代の面影をどこか残していた。あまり手入れが行届き過ぎて、多少の反撥はあるが、これくらいは我慢しなければならないだろう。ときどき、微かな都電の音が聞えるくらいで、やはり、東京の中にいるとは思えないくらいの静けさだった」

六義園の様子、その「静けさ」は現在でもさほど変わっていないではないか。「微かな都電の音が聞えるくらい」が昭和三十年代の東京らしい。この都電は日本橋と京浜東北線の王子駅を結んでいた一九番の系統。

田原記者は静かな六義園で三つの殺人事件を整理してみる。地図を作り、三つの現場、武蔵境、深大寺、平和島に印をつける（小説に、この地図が添えられる）。

何度も地図を見る。そして以前、考えた「三角形」のことを思い出す。吉祥寺を頂点に武蔵境と深大寺を結ぶ三角形である。同じようにもうひとつ三角形が作れないか。

横井の死体が発見された大森の平和島と、「なつ」の姿が最後に目撃された五反田を結ぶ線を三角形の底辺にしてみる。三角形の頂点をこの線の西に持ってくる。すると頂点は大田区の洗足池のあたりになる。五反田と洗足池は池上線でつながっている。

洗足池には何があるか。

ここから先は書くのを控えざるを得ない。

松本清張は『Dの複合』をはじめ、地図を駆使した小説をいくつも書いている。小説中に地図が添えられる場合も多い。地理好き、地図好きなのである。

この作品も、東京の地図を何度も見ることによって生まれたものだろう。

昭和三十年代の光と影――『点と線』『砂の器』「声」

松本清張の名を一躍高めた長篇『点と線』は、昭和三十二年（一九五七）から三十三年にかけて月刊誌「旅」に連載され、三十三年に光文社から単行本になって大ベストセラーになった。

当時、私は中学生だったが、中学生のあいだでも東京駅の「四分間の空白」は話題になり、実際に東京駅に実験しに行くものもいた。

この小説がとくに個人的に印象が深かったのは、犯人の安田という人物が、その頃私の家があった阿佐ヶ谷に住んでいるという設定になっていたからだ。小説のなかに自分の住んでいる町が出てきたのははじめての体験だったので、そのことが妙にうれしかった（そのあと太宰治の『斜陽』を読んだら、また阿佐ヶ谷が出てきた）。

安田という男は、ある省と深く関わりのある機械工具商で、官僚と結託した汚職が明るみに出ないように、その省の下級官僚を情死に見せかけて殺害する。

『経済白書』が「もはや戦後ではない」と謳ったのが昭和三十一年のこと。『点と線』が発表されたのはその翌年。高度経済成長のとば口のときで、機械工具商と官庁との癒着という構造は、いかにもこの時代を反映している。成長の活力の裏にあらわになったひずみである。その犯人が阿佐ヶ谷に住んでいる。思い出してみると、阿佐ヶ谷の町が戦後の混乱期を脱し、明るくなり、商店街にアーケードが作られるようになったのはこの頃。

この安田という男は、なかなか羽振りがいい。経済成長の恩恵をこうむっているのだろう。官庁への納入が多く、役人の接待には赤坂にある割烹料亭をよく使う。そこで働く仲居たちとも親しく、彼女たちと銀座界隈で食事をしたりする。

「四分間の空白」のトリックを彼女たちに見せるときは、東京駅に行く前、午後の三時頃、まず有楽町の「レバンテ」で落合う。「レバンテ」は現在も健在（二〇〇三年七月に東京国際フォーラムに移転）。カキとビールの店として知られる。昭和三十年代、まだ朝日、毎日、読売の三大紙の本社が有楽町にあった頃、新聞社の人間のたまり場だった。朝日と縁の深い松本清張は、よくここを打合せの場所に使ったのではあるまいか（ちなみに清張は酒はたしなまなかった）。

有楽町のよく知られた店といえば「レバンテ」と、もうひとつ「ももや」という小さな喫茶店がある。ここも健在で、「レバンテ」同様、新聞記者のたまり場だった（二〇〇七年五月に閉店)。
業界誌の記者が、新型潜水艦導入をめぐる疑獄事件に巻きこまれていく長篇『蒼ざめた礼服』(昭和三十六―三十七年)では、冒頭、主人公がこの喫茶店に入っている。「片山幸一にとってたった一つの愉しみは、会社の帰りに有楽町へ回って、喫茶店でコーヒーを喫《の》むことだった」「行きつけの店は、駅裏のごみごみした路地をはいって胸を突きそうなくらい急な階段を上がったところにある」「この喫茶店は、地域的な関係からか、新聞社の連中が定連《じょうれん》である」

現在、有楽町界隈は、新聞社が三つとも移転して以来、すっかり様変わりしてしまったが、マリオンと有楽町駅のあいだの一画だけが、かろうじて、新聞記者が多かった昭和三十年代の雰囲気を残している。往時と変わらない、「ももや」と「レバンテ」を見ると、東京の真ん中にも変わらない空間があるとほっとする。

『点と線』の安田は、その日の午後、料亭の仲居たちと「レバンテ」で落合い、銀座の町を歩く。「レバンテを出ると、二人は銀座に向った。この時間なら、銀座もそう混んでいない。天気はよかったが、風は冷たかった。ぶらぶらと歩いて、尾張町の角から松坂屋の方に渡った」。この時代、呼称はすでに「銀座四丁目」になっているが、松本清張はまだ「尾張町」と書いている。旧世代であることが分かる。

安田は二人の仲居と「コックドール」で食事をし、そのあといよいよタクシーで東京駅に向かう。そこで横須賀線に乗って鎌倉に行くことになっている。彼の妻は結核を病んでいて、空気のいい鎌倉で療養している。その妻を訪ねる。結核というのも、昭和三十年代を感じさせる。そして「四分間の空白」という時刻表を使った絶妙のトリックは、この療養中の妻が、無聊を慰めるために時刻表を見ているうちに思いついたことになっている。汚職、レバンテ、結核、時刻表……と、『点と線』は昭和三十年代はじめの時代の雰囲気がよく出ている。

もうひとつ、都電がある。

事件を追う刑事の三原は、警視庁前から新宿行きの都電に乗る。

「夜の八時をまわってラッシュアワーは過ぎていた。車内は空いている。彼はゆっくりと腰かけ、腕を組んだ。背中にこころよい動揺がある」

「三原は都電に乗るのが好きだった。べつに行先を決めないで乗る。行先を決めないというのは妙だが、何か考えに行きづまったときには、ぼんやり電車にすわって思案する。緩慢な速度と適度の動揺とが思索を陶酔に引き入れる。頻繁にとまり、そのたびにがたごととぶざまに揺れて動きだす都電の座席に身をかがめる。この環境の中に自分を閉じこめ、思考のただよいにひたるのである」

都電が思索の場所として利用されている。東京の町のあちこちに都電が走っていた昭和三十年代ならではだろう。

いまは消えてしまった都電は『砂の器』（昭和三十五―三十六年）にも出てくる。

主人公の新進音楽家、和賀英良の友人に関川重雄という音楽評論家がいる。彼には、恵美子という愛人がいる。ひかげの女である。音楽評論家が人目をしのんで愛人と会う。場所はなるべく目立たないところがいい。そこで選ばれる場所が、都電の「志村坂上」停留所近く。巣鴨車庫から板橋駅前を経由して志村橋まで走っていた四一番。東京の都電のなかでも、北のはずれを走る。しのび逢いには、はずれがふさわしい。

「恵美子は、関川の腕にすがりつくようにして歩いていた。暗い道だった。

黒い闇の向こうに電車の音が寂しく聞こえた。

「あら、まだ都電がありますのね」

恵美子は関川の肩に頬をつけて言った。

「終電だろうね」」

夜の「暗い道」を歩く二人に、都電の終電がひっそりと近づいてくる。「終電」が二人の行末を暗示しているようだ。都電を効果的に使った暗いラブシーンといえようか。

『砂の器』では、事件を追う刑事、今西は、北区の滝野川に住んでいる。王子駅と板橋駅のあいだの庶民的な町。新進音楽家の和賀英良の家が田園調布にあるのと対照的。住みついて十年になる。バス通りに面しているのでバスが通るたびに家が揺れる。奥さんに文句を言われるが「給料が安いので、高い家賃の家には越せない」。

昭和三十年代のなかば、東京の北の町も高度成長の影響を受けて大きく変わりつつある。「十年前からみると、この辺は見違えるように家が密集してきた。古い家が崩されて新しい大きな建物になったり、空地にアパートが建ったり、まるきり変貌した」

ただ「今西のところだけ陽当たりの悪い低地なので、一握りの区域が昔のままに残されている」。

高度経済成長から取り残されたような町に住む刑事が、田園調布の家に住む音楽家の犯罪を追う。清張の犯罪小説はいつも町の物語、格差の物語である。

今西刑事の家の近くを都電四一番が走っている。滝野川の停留所から巣鴨駅前までは五つ目。ごく近い。たまの休日、今西は、奥さん孝行をすべく、巣鴨のとげぬき地蔵の緑日に、都電に乗って出かけてゆく。狭い通りに夜店の屋台が並んでいる。

「金魚すくい、綿菓子、袋物、奇術道具、薬売りなどの店が、裸電球の眩しい光に浮き出されて、人を集めていた」

「今西は夜店のアセチレンガスの臭いが好きである。しかし、近ごろは、夜店も電灯が多く、アセチレンを使うのが少なくなった」

今西は、子供の頃の田舎の縁日を思い出しながら、奥さんと屋台のあいだを歩き、好きな植木を買い求める。『砂の器』のなかの穏やかな場面である。巣鴨のとげぬき地蔵という懐かしい空間が、刑事の心を一瞬、少年時代に帰らせている。

都電は短篇「声」（昭和三十一年）にも登場する。電話交換手は人の声に敏感で、一度聞いた声をよく覚えているという職業上の特質を生かした好短篇。

朝子《とも》という新聞社の電話交換手は、夜間勤務のとき、夜遅く、大学教授の家に電話しようとして、間違って別の家にかけてしまう。男が電話に出て、間違いだと言って切る。

翌日、彼女は新聞で、前の晩、世田谷で殺人事件があったことを知る。会社重役の家に強盗が入り、夫人が殺された。その家は、間違って電話をかけた家だった。とすると、あのとき電話に出た男は犯人の可能性が高い。

彼女はそのことを警察に知らせるが、結局は犯人が分からず、事件も忘れられてしまう。

その後、彼女は会社を辞めて結婚する。夫の友人が三人、家に麻雀をしにくるようになる。あるとき、そのなかの一人からかかってきた電話に出た彼女は「あの声」であることに気づく――。

電話交換手は三百人くらいの人間の声を聞きわけられるという。一年以上も前に聞いた声でも覚えている。それがあだになって彼女は犯人たちに殺されてしまう。

この過程で都電が登場する。

彼女は、声に気がつかれたと知った犯人たちに電話で呼び出される。ちなみにこの電話が自宅のものではなく、近所の食料品店の呼び出し電話なのが、昭和三十年代らしい。この時代、まだ電話のない家は多かった。『ゼロの焦点』（昭和三十三年）でも新婚の女主人公が住むアパートには電話はなく、呼び出しである。

夫が急病になったと告げる電話の主は、朝子に場所をいう。

「文京区の谷町二八〇です。都電を駕籠町《かごまち》で乗りかえて、指ケ谷町《さすがやちょう》の停留所で降りてください」

町を指示するとき、都電の停留所で言う。それで相手に通じる。「都電の東京」ならではこの都電は巣鴨車庫から水道橋、神保町、大手町を経て田村町一丁目に走っていた三五番。白山通りを走る。現在の都営地下鉄三田線とほぼ同じ。

指ケ谷町は現在の文京区白山あたり。町名は消えわずかに「指ケ谷小学校」にその名前が残っているだけ。

朝子は、この指ヶ谷に出かけたきり行方が分からなくなる。警察は指ヶ谷町を中心に、文京区の白山、駒込、丸山、戸崎町など一帯の聞きこみを行なう。二人の刑事が警視庁から車で指ヶ谷町に向かう。

「まもなく車は、指ヶ谷の都電の停留所についた。二人はひとまず扉の外に出て地上に立った。そこは勾配になっていて、水道橋の方からきた電車は、大儀そうに坂をのぼってゆく」

東京の山の手は坂が多い。とりわけ文京区は多い。そこを都電が走る。「大儀そうに坂をのぼっていく」という姿が浮かぶ。実際、都内では三宅坂、成子坂と、都電は坂をのぼるのが大変だった。

二人の刑事は、「電車通りを横切った」。

「電車通り」という言葉もいまや懐かしい。都電が走っている通りは「電車通り」だった。

「せまい坂道をのぼってゆくと、道端に八百屋お七の地蔵堂などがあったりして、高台に出た。そこからは谷のような一帯の町が見おろせた」

この時代、まだ高い建物がないから、坂の上から町を一望のもとに見下ろせる。このなかのどこに犯人がいるのか。

朝子の死体は思いがけないところで発見される。東京の西の郊外、田無の雑木林のなか。

新聞配達の少年が見つけた。

解剖してみると肺から石炭の粉末が出た。どこか石炭のあるところで殺された可能性が高い。東京のなかで、石炭のあるところはどこか。

昭和三十年代はまだ石炭の時代である。「声」が書かれた昭和三十一年、私は阿佐ヶ谷の杉並第一小学校（木造校舎）に通う小学生だったが、教室のストーブは石炭だった。『張込み』（昭和三十年）は昭和三十三年に野村芳太郎監督によって映画化されたが、この映画のなかに、女主人公の高峰秀子が風呂をわかす場面がある（原作にはない）。よく見ると、高峰秀子は石炭をくべている。

こういう石炭の時代だから、朝子の肺から石炭の粉が出てきてもおかしくない。彼女はどこで石炭を吸いこんだのか。

調べてゆくと、それが田端機関庫の貯炭場のものだと分かってくる。機関庫の貯炭場というのがまたこの時代らしい。蒸気機関車（ＳＬ）に使う石炭を置いておく場所である。

ＳＬがほとんど消えてしまった現代となっては、これもなくなってしまった。

「機関車の入れ換えのために十何条も走る線路の西側に巨大なクレーンがあり、その下に機関車用の石炭の山があった」

「クレーンが石炭の山を崩して貨車に落していた。東側は絶えず機関車の入れ換え作業が行われ、汽笛と車輪の音とがうるさく聞こえ、それに走っている国電の響きまで混じっていた」

「機関車の入れ換え作業」というのも懐かしい光景だ。電車の場合、前の電車も後の電車も同じだから、上りも下りも、そのままの形で走ることができる。しかし、蒸気機関車の場合、先頭の機関車が終点に着いたら、いったん操車場までうしろ向きで走って、そこで入換える必要があった。ターンテーブルを利用した。

上野駅はとくに文字どおりの終着駅でその先のレールがないから、東北や常磐方面からの列車は、うしろに戻らなければならない。田端と尾久の操車場まで戻って、その「入れ換え作業」が行なわれた。だからあのころ田端あたりの陸橋の上には、入換えを見る子供たちの姿がよく見られたものだった。

「声」は昭和三十三年に、鈴木清順監督、南田洋子、二谷英明主演で映画化されているが（映画題名は『影なき声』）、このなかに、田端機関区の蒸気機関車と貯炭場の姿がとらえられている。映画では、朝子の肺から出た石炭は、筑豊の特殊なもので、それを使っているのは田端しかないとして、犯行現場が割り出される。

また『影なき声』では、「都電の東京」の時代を反映して、新宿にあった都電の車庫が登場するのも、いま見ると懐かしい。

操車場といえば『砂の器』も忘れてはならない。冒頭、男の死体が発見されるのは蒲田の操車場である。広大な敷地で、立入禁止になっているから、犯罪の起きやすい盲点なのだろう。

「声」の犯行現場は田端だが（のちにそれは犯人たちのトリックと分かる）、朝子の死体が見つかるのは、東京の西の郊外、田無。この当時は、東京都北多摩郡田無町（現在は西東京市）。

「東京郊外も西のはずれで、西武線で高田馬場から四十五分もかかる。中央線からも離れているため、何となく田舎じみた町だが、近ごろの東京都の人口過剰の波はこの辺にも押し寄せてきて、最近では畑地がしだいに宅地に変って、新しい住宅が建つようになった」

松本清張は昭和二十八年、四十三歳のときに「或る「小倉日記」伝」で芥川賞を受賞。その年の十一月、朝日新聞東京本社に転勤となり、九州の小倉から単身、上京してきた。翌二十九年には、練馬区関町に家を借り、家族を呼びよせた。その後、昭和三十二年には練馬区上石神井に新居を建て、そこに四年間住んだ。

そのために、西武線沿線に土地勘があり、作品にはしばしば、練馬区や豊島区が登場する。「声」では、朝子が夫と暮す家は、豊島区日ノ出町にある。

中央線沿線が関東大震災のあと、復興景気に乗って急速に発展していったように、昭和三十年代の高度成長の時代に、西武線沿線が急速に開けていった。松本清張はその開けゆく郊外に興味を持った。

「声」のなかで、住宅が増えてゆく田無を克明に描写しているのはそのため。「東京都の人口過剰の波」が西の郊外にも押しよせてきて、畑地が次々に宅地に変わってゆく。周緑が中心に組みこまれてゆく。

現代でも世を震撼する事件は、しばしば、急速に宅地化していく新開地で起こるが、松本清張は、そのことに早くから気づいている。新開地では、古い共同体が壊されてゆくが、新しい共同体はまだ作られていない。その空白のなかでさまざまな矛盾が露出してゆく。「声」の朝子は、田無よりさらに西に行った小平町にある犯人たちのアジトで殺され、田無の雑木林まで運ばれたことが分かる。かつて国木田独歩がその美しさを称讃した武蔵野の雑木林が、高度経済成長の時代には死体の格好の捨て場所になる。経済成長の裏に、荒廃が見える。

雑木林はもともとは、江戸時代に江戸の町で使う薪炭を取るために、近郊農家が育て上げた人工林。薪炭という商品を生み出す場所である。明治になってガスが普及し、薪炭が使われなくなると、雑木林は切り倒され、畑に変わった。

その畑地が高度成長の時代に宅地化された。一見、平穏に見える東京郊外でも歴史は大きく動いている。

「声」には田無のみごとな雑木林の描写がある。

「このあたり一帯は、まだ武蔵野の名残りがあって、いちめんに耕された平野には、ナラ、クヌギ、ケヤキ、赤松などの混った雑木林が至る所にある。武蔵野の林相は、横に葡《は》っているのではなく、垂直な感じで、それもひどく繊細である。荒々しさはない」

昭和三十年代はじめの田無にはまだこんな雑木林が残っている。田無が町から市になるのは昭和四十二年。現在、まだ雑木林が残っているだろうか。

短篇「新開地の事件」（昭和四十四年）は、昭和四十年代になってさらに加速してゆく東京近郊の都市化と、それが生む歪みを描いている。古い共同体やムラ社会が急激に崩れ、そこに都市住民が入ってくる。昔からの田園風景が壊れてゆくのと同時に、人の心も削り取られてゆく。

農村と都会というまったく違ったライフスタイルを持つ空間がぶつかりあうから、そこで摩擦が起こる。松本清張は、現代でもなお都市近郊の新興住宅地で起きているこの現象に早くから気づいている。

「都会住宅と田園の折衷という立地条件と環境の新現象に、犯罪分類学者はしばらく当惑する。秘密性と開放性の同居は、家屋にしても人間にしても境界が判然としなくなる。田園が現代化している際だからよけいに厄介である」

郊外の発展とは、この「境界が判然としなくなる」現象が、日常のいたるところで起こることだと言っていい。田舎でも都会でもない境界のはっきりしない新しい空間は、そこに住む人の心を不安にしてゆく。

「新開地の事件」の舞台になるのは、東京都北多摩郡のN新田という架空の町。架空ではあるが、東京の西のどこにでもありそうな郊外、いや、まさに新開地である。

「N新田の名の示す通り、以前は開墾地だったのだが、丘陵地をはるかに見るこの平地も、農地が次第に少なくなり、半分以上が団地や住宅で占められてきた。電車で新宿まで約一時間という便利さもあって、ベッドタウンとか田園都市とかいう美称を冠せられて、住宅の繁殖はますますひろがろうとしている。もちろん、土地の値も異常な高騰となった」

こういう新開地では、農家が耕作を放棄し、土地を売った金で家を新築する。移住してきた新しい人間たちの慎ましいマイホームに比べれば豪邸である。その豪邸のなかで惨劇が起こる。現在、現実に日本の各地で起きている新開地の事件を松本清張は先取りしていたといえる。

「薄化粧の男」（昭和二十八年）という短篇がある。妻がいて愛人のいる会社員が自家用車のなかで殺される。妻か愛人のどちらかが犯人だろうと思われる。警察は二人を調べるが、二人には、その時間、近所に聞こえるような声でケンカをしていたという決定的なアリバイがあり、事件は迷宮入りしてしまう。

しかし、数年後、意外なところから真相が分かる。実は――。

この作品も練馬区を舞台にしている。殺された男が妻と住んでいた家は、練馬区の高松町。愛人の家は豊島区の椎名町。そして死体が見つかったのが練馬区の春日町。いずれも西武池袋線の沿線の町。

そしてこれもまた、新開地の事件である。死体が見つかった練馬区春日町は、この時代まだ雑木林が残る郊外。

「夜明けの光が雑木林の向うに蒼白く射している。あたりはまだうす暗かった。朝靄が林の裾や遠い家なみの屋根の上に立っている。畠も、道も、白い霜が降りていた。郊外なので、まだ住宅地よりも田圃が多い」

その田圃のなかの道に車が一台とまっている。牛乳配達人が近づいてみると車のなかで人が死んでいる。静かな郊外住宅地で殺人事件が起こる。

いや、静かではない。時代は東京オリンピックの直前、東京のいたるところで改造工事が行なわれている。「普請中」の東京である。練馬区の、まだ田圃が残っているようなところでも工事が行なわれている。

「近ごろ、東京都の道路は到る処が掘り返されている。昨日まではその気配もなかったものが、今日になって道がほじくり返されていることは多い」

だから自動車の一メートルほど先には「工事中　通行止」の標識が立てられている。運転していた男はそれを見て車をとめた。そこを襲われたらしい。しかも「工事中　通行止」の標識はもともとはそこになかった。犯人が車をとめるために置いたものだった。「工事中の東京」ならではの殺人である。

自動車はルノー。男のマイカーで、男はこの車で自宅と愛人の家のあいだを行き来していた。車による火宅の人ぶりは、東京オリンピックの頃から急速に広まったマイカー時代をあらわしている。「車の東京」があらわれている。

松本清張は「車の東京」にも意識的で、「馬を売る女」（昭和五十二年）では、ドライバーにとって盲点になる高速道路の非常駐車帯での殺人が描かれている。男が、邪魔になった女をデートに誘うふりをして車に乗せ、非常駐車帯で殺害する。車がひっきりなしに通る高速道路のなかで、あの一角は意外に人目につかない。そこを犯罪に利用する。

この高速道路は、首都高速新宿線。甲州街道の上を走る。当時、杉並区の高井戸に住んでいた松本清張は、都心から車で帰るときによくこの高速道路を利用し、非常駐車帯の存在に気がついたのだろう。

昭和五十一年には、高井戸―調布間が開通し、首都高速が中央自動車道とつながり、ここを通る車が増えているときでもあった。急速に進んでいる「車の東京」時代にふさわしい、高速道路の殺人である。

車を使った殺人には、交通事故に見せかけて殺害する「交通事故死亡1名」（昭和四十二年）もあるが、いちばんうまく「車の東京」を描いたのは、長篇『内海の輪』（昭和四十四年）だろう。

考古学者の大学助教授が兄嫁と不倫の関係にある。兄嫁は松山に住んでいて、たまに上京する。そのときに池袋あたりの人目につかないホテルで密会する。

彼の家は荻窪にある。池袋で、東京駅近くのホテルに帰る兄嫁と別れると、彼はひとり、タクシーに乗って荻窪に帰る。

池袋から荻窪までは、新宿を経由するより目白通りから青梅街道に出たほうが近い。しかし、あるとき乗ったタクシーの若い運転手は東京の地理に弱いらしく、その道を知らなかった。気がつくと新宿に向かって走っている。

彼は思わず声を荒らげて運転手をとがめ、荻窪までの道を指示する。

「荻窪はね、四谷方面から行くと、たしかに新宿を通るのだが、池袋から行くと千登世橋、少し引返すとその陸橋があるが、そこに上がって目白通りから左に折れ、さらに右に折れて青梅街道に出たほうが近い」

この大学助教授は、兄嫁が妊娠したと知ったとき、スキャンダルをおそれて彼女を殺害する。何年かは発覚しなかったが、やがて思いがけないところから、犯行が発覚する。彼が犯人だという決め手になったのは、池袋から荻窪まで彼を乗せたタクシーの運転手の証言だった。運転手は、方向をうるさく指示した客のことを数年たってもよく覚えていた。

『内海の輪』のこの運転手は、実は東京の人間ではなかった。尾道のタクシー会社で働いていた。たまたまその時期、東京ではタクシーの運転手が足りなくて東京に行った。だから道を知らなかった。そこをとがめられたので客にいい印象を持っていなかった。

ここにも、地方と東京という関係があらわれている。東京の繁栄、活気を地方からやってきた若者が底辺で支えている。にもかかわらず東京の人間は、その事実に気づこうとしない。清張はそこを突いた。

高度経済成長の時代の急激な工業化によって、農業人口の大移動がはじまった。農村の若者たちが、否応なく大都市に出てきた。

たとえば「張込み」の場合も、目黒の重役邸に押し入り、主人を殺害した犯人は、三十歳の地方出身者だった。

「三十歳で独身。故郷は三年前に出て、東京で働いていた。はじめは商店の住込み店員だったが、のちに失職して、さまざまなことをしてきたらしい。日雇人夫や血液を売ったりした。飯場に入ってきたのは、最近であった」

移動したいという意欲と情熱にかられて東京に出てきた。しかし、移動の結果による不安と疑惑にとらわれて犯罪をおかしてしまう。現代の精神病理的な殺人に比べればきわめて分かりやすい殺人だが、松本清張が東京をつねに地方との相対的な関係でとらえていたことは注目していい。東京は東京として自立して存在していたのではなく、あくまで「地方によって見られた都市」になっている。

働く女性の殺人――「一年半待て」

松本清張の初期の短篇の傑作といえば、衆目の一致するところ「地方紙を買う女」（昭和三十二年）と「一年半待て」（同年）ではないだろうか。

どちらも働く女性が主人公になる。つまり女性が犯人になる。そして、どちらの女性に対しても読者は共感する。彼女たちが殺人という窮極の行動に出たことを仕方がないと許したくなる。無罪になって欲しいとさえ思う。

「秀れたミステリ」の条件は何か。私見ではそのひとつに「読者が、この犯人に捕まって欲しくないと思う」犯人への共感がある。『砂の器』の作曲家、和賀英良にも多くのものは同情するのではないか。

「一年半待て」は、須村さと子という働く女性が、甲斐性なしの夫、それどころか、妻や子供に暴力を働く夫をやむなく殺す話である。

さと子は「地方紙を買う女」の潮田芳子と同じ、戦中派になる。戦時中、女子専門学校を出た。当時としては学歴は高い。卒業後、ある会社に入った。「戦争中はどの会社も男が召集されて不足だったので、代用に女の子を大量に入社させた時期がある」。清張はいつも事件の背後の社会状況を的確に書き込む。

戦争が終ると男たちが復員してきたので、女子社員は不要になり、「一斉に退社させられた」。女性の社会進出といってもしょせんは男性の代役だった。

ちなみに、事情はアメリカでも同じで、第二次世界大戦中、軍需工場で男性労働者が不足したので、女子労働者が歓迎された。彼女たちは〝Rosie the Riveter〟(リベット工のロージー)と呼ばれた。マリリン・モンローは十代の頃、ロッキードの飛行機工場で働いたが、ロージーの一人だった。

さと子は、戦後、会社を解雇されたが、幸いなことに職場で知り合った須村要吉という三歳年下の男と結婚し、二人の子供に恵まれた。

しかし、この幸福は長く続かなかった。要吉の会社は昭和二十年代に経営不振となり、要吉は解雇された。

さと子が働かざるを得なくなった。この時代、女性の仕事は限られている。「地方紙を買う女」の芳子のように水商売に入る女性が多くなった。かたぎの数少ない仕事に、生命保険会社の外交員がある。さと子はその道を選んだ。

幸いに保険の外交員の仕事が性に合った。「さして美人ではなかったが、眼が大きく、ならびのいい歯を見せて笑う唇のかたちに愛嬌がある。それに女専を出ているから、勧誘員としてはまずインテリの方で、客に勧める話し方にもどこか知的なものを感じさせた。それで客に好感をもたれるようになり、仕事もし易くなった。保険勧誘の要領は、根気と、愛嬌と、話術である」。

昭和三十年代のはじめ、さと子は保険会社の勧誘員として順調に仕事を進めてゆく。いまふうに言えば、キャリアウーマンになろうか。才のあるさと子は、勧誘先としてダムの工事現場を思い付く。この時代をよくあらわした設定で興味深い。

記念切手まで発売された佐久間ダムが完成したのは「一年半待て」が発表される一年前の昭和三十一年のこと。戦後復興のなかで、各地でダム工事が行われていた。昭和二十九年に発表された短篇「恐喝者」では、九州を襲った洪水で拘置所を脱走した男は、一年後、山奥のダム工事現場で働くことになり、洪水の時に助けた人妻と思わぬ再会をする。

つねにミステリの背後に時代状況を書き込む松本清張は、昭和三十年代のダム工事に着目している。

さと子は女性の同僚と共に、ダム工事の現場まで出かけてゆき、技師や現場主任を相手に保険の勧誘をする。危険な仕事だから誰もが応じてくれる。山奥の現場までやってくるライバルもいない。「成績は面白いほど上った」。

しかし、それと逆比例するように、夫の要吉がぐうたらになってゆく。働かない。酒を飲む。自分の不甲斐なさが情けないのか、さと子に、さらには子供たちにも暴力を振う。いまふうにいえば家庭内暴力（ＤＶ）である。清張は早くからこの問題を視野に入れ、短篇「尊属」（昭和三十九年）では、酒乱で家族に暴力を振う父親をやむなく殺した女性を描いている。

ダムの現場にまで行き、仕事をしているさと子に対し、仕事のない要吉はますます荒んでくる。酒に溺れる。居酒屋の女と関係する。子供たちに暴力を振う。ついにたまりかねたさと子は夫を殺すことになる。

当然、世間の同情はさと子に集まる。とくに高名な女性の評論家が、さと子弁護の論陣を張ったのが大きく、さと子は殺人罪で起訴されたものの、懲役三年、執行猶予二年の軽い刑ですむ。

ミステリとしては、そのあと思わぬどんでん返しが起るのだが、司法上の「一事不再理」の原則によってさと子の刑は変らない。

読者もさと子のつらい事情が分かっているからこの結果には、ほっとする。法律が、苦労して働いている女性を守ってくれた。「一年半待て」を傑作と呼ぶゆえんである。

小説が書けなくなった作家、時代から忘れられた作家
――『蒼い描点』「影」「古本」

松本清張には「追いつめられた作家もの」と呼びたい作品がいくつかある。

原稿が書けなくなった作家が盗作をする。代作を頼む。かつては人気のあった作家が零落して殺人を犯す。

第1章で取り上げた「再春」(昭和五十四年)は、新人の主婦作家が次回作を書けず、悩んだ末に地元の名士夫人に話を聞き、アイデアをもらう。ところがそれが、トーマス・マンの短篇そのものだと分かり、作家生命を断たれてしまう。華々しくデビューした彼女に嫉妬した名士夫人が、盗作騒ぎになるのを見込んで仕組んだ罠だった。

一作目が中央の文壇で評価された女性としては、どうしてもいい小説を書きたい。しかし、いいアイデアがない。そんな悩みから、それとは知らずに盗作をしてしまった。もう取り返しがつかない。名士夫人は相当に陰湿である。

松本清張自身、超のつく人気作家で多くの連載を抱えていたから、「アイデアが浮かばない」「書けない」悩みは決して他人事ではなかったろう。盗作や代作を描く小説は、自身の人気作家としての不安から生まれたのではないか。松本清張が人気作家になってゆく昭和三十年代は、月刊誌の他に、週刊誌も次々に創刊され、出版界が活況を呈していた時代である。人気作家が、連載を何本も抱えていたら「ひょっとすると原稿が書けなくなるのではないか」と不安にかられても無理はない。

長篇『蒼い描点』（昭和三十四年）に、早くも代作する作家が描かれる。

村谷阿沙子という作家は今年、三十二歳。三年前、ある出版社が公募した懸賞小説に佳作で入選すると、たちまちジャーナリズムの脚光を浴びた。父親が著名な学者だったことも幸いした。いわば「毛なみがいい」。村谷阿沙子はたちまち人気作家になった。

しかし、出版界では新人作家は次々に新作を発表してゆかないとたちまち忘れられる。締切に追われながら作品を書き続ける。大変な重圧だろう。デビューから三年目のいま、村谷阿沙子は原稿が書けなくなってきた。

文芸誌の若い編集者に手紙で「原稿おくれてすみません。今月は疲れたので中止《おり》たいのです」と弱音を吐く。別の編集者には「スランプらしいのね。どうも書けなくて」と苦境を訴える。デビュー当時はかなり書いてきたが「近ごろはどういうものか速度が落ちてきた」。

文芸誌の担当編集者の椎原典子という若い女性は、箱根宮の下ホテルに引きこもった村谷阿沙子のところに原稿催促に出かける。日本の出版界の独特の業界用語に「カンヅメ」がある。作家を旅館に泊めて、原稿を書いてもらう。戦後、雑誌の数が多くなって、原稿の確保が難しくなった時代に生まれた。村谷阿沙子が箱根のホテルにこもったのは、自ら「カンヅメ」を行なったことになる。

原稿はなんとか無事に入ったが、担当編集者の椎原典子は、この作家のことを疑い始める。本当に本人が小説を書いているのか。

疑うに足るいくつかの状況証拠がある。村谷阿沙子は、講演会や座談会に絶対出ない。執筆中は、絶対に人を自分の書斎に入れない。編集者が自宅で原稿の出来あがるのを待つのも嫌う。原稿はきれいで、消したり、書き加えたりしたところがなく、はじめからすらすらと書いたように見える。

ひょっとすると、自分で書いたものではなく、誰か他人が書いたものを原稿用紙に写しているだけではないのか。疑問を持った椎原典子は同僚と共に、その謎を追う。そして証拠を見つけ出す。昔、村谷阿沙子の父親の教え子の文学青年たちが同人雑誌を出していた。そのなかに夭折した才能のある青年がいた。村谷岡阿沙子の小説は、その青年が書いた小説そつくりだった。つまり盗作だった。

短篇「影」（昭和三十八年）は表題どおり代作者、ゴーストライターの話で面白い。岡山県の山のなかのひなびた温泉宿に一人の老人が泊る。二十四、五年前までは一世風靡をした時代小説作家の落魄した姿だった。

「女中」もおかみも、笠間久一郎という作家の名を知らなかったが、宿の主人には思い出深い名だった。主人、宇田道夫は若き日、文学青年だった。純文学作品を書いて世に出たいと思っていた。同人雑誌にいくつかそれなりの作品を書いていた。しかし、芽が出ない。

ある時、大手出版社の編集者から人気時代小説作家の代作を頼まれる。それが笠間久一郎だった。編集者によれば、笠間は締切間際に高熱を出して倒れたという。笠間は、たまたま同人誌に発表された宇田の小説を読んで感心し、代作者として指名した。

宇田は純文学志向で、笠間を通俗作家と軽蔑しているから、その代作はしたくない。しかし、編集者が、いつか自分の社で出している純文学誌に原稿を載せるようにはからうというのに心動かされ、代作を引受ける。

一回だけという約束だったが、宇田の書いたものは出来がよく、編集者はその後も代作を頼みに来る。稿料もいいのでつい引受けてしまう。そのうち、笠間は病気がなおっても小説が書けなくなり、自ら、宇田に代作を依頼する。宇田は完全に、人気時代小説作家の影武者になる。

ある時、宇田は、これではいけないと本来の純文学を書こうとするが、「通俗作家」の笠間の文体になってしまって、思うようなものが書けない。失意のうち、彼は東京を去り、山のなかの温泉宿の主人になった。そこに皮肉なめぐりあわせで零落したかつての人気作家があらわれた。

宇田が代作をしていたのは昭和十年代ということになるが、このころから出版界では代作があったことになる。


「原稿の書けない作家」が、古本屋で見つけた昔の学者の本をもとに小説を書く。それが学者の孫に知られ、ゆすられる。短篇「古本」（昭和四十二年）も作家ものの秀作。

長府敦治《ちょうふあつじ》は五十代なかばの作家。若い頃は人気作家だったが、いつしか時代遅れとなり、今では忘れられた存在になっている。都心から「東京都下の山地に近い里」に引っ込んで隠棲している。

ある時、久しぶりに週刊誌から連載小説の話が来る。あとで分かったことだが、予定していた時代小説作家が病気で倒れ、その代役だった。それでも長府敦治は久しぶりの原稿依頼に意欲を燃やす。

しかし、何を書いたらいいか。いい考えが浮かばない。締切が迫る。ある時、講演の仕事で、広島県の府中に出かける。忘れられた作家を講演に呼ぶのは大都市ではなく、小さな町（もしかしたら、これも代役かもしれない）。

講演が終って長府敦治は府中の町を歩く。「府中はいかにも田舎町だった。往昔《おうせき》、備後府中の置かれた所だというが、その後は僅かに備後絣《びんごがすり》で名前を知られていた。それも今は廃《すた》れ、みるからに侘しかった」。忘れられた作家にはこういうわびしい町がふさわしい。「地方紙を買う女」の一人暮らしの女性に、地方の駅前の「うら寂しい飲食店」が似合ったように。

「長府敦治は、短い表通りから裏町に回った。このとき、暗い道路沿いに古本屋が店を開けているのが眼についた。店の半分は古道具がならんでいた」。すがれた町の表通りから「裏町」に入ると、そこに古本屋があった。永井荷風『濹東綺譚』で「わたくし」が、夜、浅草裏を歩き、吉原に近い寂しい通りにある古本屋に入るくだりを思い出させる。清張もまた裏通り好きである。

偶然入ったその古本屋で、長府敦治は『室町夜噺《よばなし》』という古めかしい本を手に取る。明治二十五年発行。著者は「文学士林田秋甫《しゅうほ》」とある。古本屋の主人によると府中の「偉い人」だという。拾い読みすると、足利義満、義持の史話らしい。

これを期待せずに買い求めたのだが、思いがけず「掘出しもの」だった。読んでみると、将軍義満、義持をめぐる側妾《そばめ》の寵愛争いで実に面白い。これは依頼されている原稿に使える。しかし、面白い本だから、自分が知らなかっただけで、よく知られている本ではないか。林田秋甫もその世界では高名な学者ではないか。

不安に思った長府敦治は、神田の古書店や国会図書館に行って、『室町夜噺』について調べてみる。何人かの店主も司書も知らないという。それで「この本について現在日本じゅう誰も知っていない」と確信する。

自信を持って、これを種本にして小説を書く。昔の文章を現代文に書き直せばいいだけの話だから楽に書ける。『栄華女人図』と題したその小説は大評判になる。批評家もほめる。忘れられた作家が復活した。

ところが、『室町夜噺』の存在を知っている者が一人だけいた。ある時、長府敦治は「広島県府中市の林田庄平」なる人物から手紙を受取る。林田秋甫の孫で、手紙には、長府敦治の小説が、祖父の著の丸写しであることを非難していた。

「秘密」を知られたことになる。やがて脅迫者として現れたその孫に長府敦治は殺意を抱く。「古本」はミステリのジャンルでいうと、例えば谷崎潤一郎の大正期の作品「途上」

（大正九年）がそうだったように「プロバビリティ」（起りうること）の作品になる。殺そうとする相手をあえて危険な場所に追いやる。自分では直接に手を下さない。

ミステリとして充分に面白いのだが、この小説の何よりの良さは「小説が書けない作家」が、小さな町の古本屋で、種本になる本を見つけだすことだろう。

松本清張は古本屋をよく利用した。歴史小説を書く人間として当然である。「古本」をはじめ、作品のなかによく古本屋を登場させている。一般にミステリ好きと古本好きは重なることが多いが、清張の作品に古本屋が出てくると、それだけで心に残る。

少し例を、挙げてみよう。

中篇「書道教授」（昭和四十五年）には、主人公の銀行員が、杉並区の荻窪あたりにある小さな古本屋によく立寄る。中央の一流店とは比べものにならず、「高い値段のもの」は置いていない。彼が買ってくるのは安い小説本か読物本。それでも、妻は、父親が私大の経営者で「古書店」好きなので、夫が「古本屋」で本を買うのは、パチンコ屋に行くよりも高尚と思っている。

短篇「遺墨」（昭和五十四年）は、ある篤実な哲学者が晩年、三十歳近く年下の速記者の女性と惹かれ合う悲しい恋愛小説。「神田の某古書店から古本市の目録が出ている」という文章から始まっている。語り手はその古書目録に『呼野《よびの》信雄・風籟帖《ふうらいちょう》』があるのを目にとめる。説明に「博士が折々の感想を短文に記し、これに即興の水墨画を添えたもの。半紙半分大。肉筆。二十一枚を一帖に仕立ててある。帙入《ちついり》」とある。

語り手は、これを目にとめたことから、老哲学者の遅い恋を語ってゆく。最後の一行が悲しい。「古書目録の「風籟帖」は、「名家筆蹟」の中で最も低い値がついている」。哲学者の生前の名声は死後、続かなかった。

短篇「老公」(平成三年)は、静岡県興津《おきつ》にある西園寺公望の別荘、坐漁荘で公の晩年に起きたある事件を描いているが、元新聞記者の「わたし」が、この話を書くきっかけになったのは、都内の中小古書店が連合して神田の古書会館で開く古書市の目録で「西園寺公爵警備沿革史　静岡県警察部　一万円」という非売品らしい小冊子を見つけたから。「稀覯本《きこうぼん》中の稀覯本といってよい。一万円は安い。五万円でもいい」。「わたし」は早速、古書店に申込む。六口の申込みがあった。幸い籤に当たる。この小冊子を手に入れたことから「わたし」は晩年の西園寺公に何があったかを推理してゆく。「古本」の『室町夜噺』は架空の書と思われるが、『西園寺公爵警備沿革史』は実在だろう。清張はいつも古書目録を丁寧に見ていたことがうかがえる。

いわゆる古本ミステリもある。手に入れた古本から、そこに隠された謎を探ってゆく。

短篇「二冊の同じ本」（昭和四十六年）。元貿易会社員で、本好きの「私」はある時、神田の古書市（古本即売会）の古書目録で、ウエ・バルトリドというロシアの東洋学の研究者が書いた『欧州殊《こと》にロシアに於ける東洋研究史』なる本に目をとめる。

すでにこの本は、塩野泰治という亡くなった知人から譲り受けて持っていたが、それには塩野氏の書き込みが入っている。それで新しく同じ本を申込む。幸い籤に当る。こちらにも書き込みがあった。二冊の本を比べると、書き込みの場所が違っている。塩野氏はなぜ同じ本を二冊持っていたのか。なぜ書き込みの場所が違っているのか。

「私」はその謎を探ってゆくうちにいまは故人となっている塩野氏の「秘密」を知る。古書目録から始まるミステリである。

こうして見てくると清張がいかに日常的に古本に関心を持っていたかがうかがえる。

「追いつめられた作家もの」に話を戻そう。「影」「古本」同様に、時代から次第に取残されてゆく作家を描く作品がもうふたつある。短篇「理外《りがい》の理《り》」（昭和四十七年）と、同じく短篇の「山峡《さんきょう》の湯村《ゆむら》」（昭和四十年）。

「理外の理」の主人公は、須貝玄堂という江戸ものを得意とする六十代なかばの随筆家。博覧強記で、漢籍も古文書も読む。江戸時代の巷説逸話を読物雑誌向けに書く。

長年、そうやって暮してきたが、徐々に時代が変わってくる。玄堂がよく寄稿していたある出版社の娯楽雑誌の編集長が変わり、雑誌が衣替《ころもが》えすることになる。「読者の教養が高くなって、戦後の活字なら何でも読むといった無秩序な一時期から尾を引いた「低級な」通俗小説が次第に読まれなくなったのだった」。

戦後の混乱が終わり、「低級な」娯楽雑誌が読まれなくなった時代。玄堂は前世代の書き手なので新しい編集長は、玄堂の原稿をもう受付ない。玄堂は何度も原稿を書いて編集部に持ってゆくが、買ってもらえない。若い担当編集者は気の毒に思うが、新編集長の意向なので仕方がない。

ついに玄堂はあきらめて「所詮はこれも時代の流れです」「わたしのような老人がいつまでも執筆に未練や執着を持っていたのは心得違いでした」と若い編集者に頭を下げる。悲しい。苦労人の清張の筆は、こういう時代から取残されている書き手を描く時に冴える。

このあと玄堂は、編集長を事故に見せかけて殺すことに成功するのだが、その方法は、編集長が受付けなかった原稿に書かれていた、ある江戸時代の奇譚どおりにするというのが、江戸を愛した老文人のみごとな復讐になる。

ミステリ映画ファンならイギリス映画『虐殺のカーテンコール』（Theater of Blood、一九七三年、ダグラス・ヒコックス監督）を思い出すだろう。ヴィンセント・プライス演じるシェイクスピア役者が自分の舞台を酷評した批評家たちをシェイクスピアの作品に描かれた殺人どおりに殺してゆく。一五六四年に生まれ一六一六年に亡くなったこの文豪は、日本風に生没年を語呂合わせすれば「イロイロやったヒトゴロシ」になるのだから、作品のなかには殺人があふれている。

「山峡の湯村」にも小藤素風という忘れられた時代小説家が登場する。戦前は、剣豪に美女を配した時代伝奇もので人気作家になったが、戦後は忘れられた。いまは愛読者を頼って飛騨の山間の温泉宿に老いた身を寄せている。

素風が戦後、零落した理由として出版界の変化があると説明されている。「(戦後)時世は変っていた。いわゆる肉体派小説がもてはやされ、古い型の時代小説はかえりみられなかった。編集者は、名前を忘れられた旧人よりも、どぎつい官能派の新人を重用した。また、時代小説は出てきても戦前のそれとはまったく違った新鮮なスタイルをもっていた。素風の活躍の舞台だった種類の娯楽雑誌はすべて廃刊され、中間小説雑誌といわれるものにとって代られていた」

「理外の理」の新しい編集長が作ろうとしたのもこの「中間小説雑誌」だろう。大村彦次郎著『文壇栄華物語　中間小説とその時代』(筑摩書房)によれば、戦後、昭和二十二年に、久米正雄がある座談会で軽く「中間小説」と口にした（純文学と大衆小説の中間）のがきっかけで「（「中間小説」という言葉が）昭和二十二年の後半から翌二十三年にかけて、たちまちのうちに広まって、とくに「小説新潮」が創刊され、成功を収めるようになった昭和二十四年の段階では、文壇の関係者ばかりか一般読者の間にまで通用するようになった」。

素風は、「理外の理」の須貝玄堂と同じように、こういう「中間小説」誌から忘れられていた。そして玄堂は復讐するが、素風は自ら命を断ってゆく。松本清張は短いミステリのなかで確実に、出版界の時代による変化、非情をとらえている。

第3章 清張映画の世界

ミステリを超えた物語――『砂の器』（一九七四年）

野村芳太郎監督／加藤剛、丹波哲郎主演

『砂の器』はミステリであると同時に旅の物語になっているところに面白さがある。冒頭、二人の刑事（丹波哲郎、森田健作）が、羽越本線の羽後亀田駅に降り立つところから始まる。

東京の蒲田駅の操車場で、六十歳から六十五歳と見られる扼殺死体が見つかった。刑事たちは付近の聞き込みから、あるバーで二人の男性客のうち一人が「カメダは今も相変らずでしょうね？」といっていたというホステスの証言を得る。

「カメダ」とは何か。捜査はまず「カメダ」という謎めいた言葉の意味を探るところから始まる。一種の暗号解きになっている。

丹波哲郎演じる刑事は、はじめ「カメダ」は人名かと思うが、やがて地名と思い至る。地図で調べると秋田県に亀田という町がある。「カメダ」はこの町と関係があるかもしれないと、若い刑事、森田健作と亀田に出かける。

結局、亀田行きは空振りに終わるのだが、観客には「カメダ」という言葉が強く印象に残る。『砂の器』は「カメダ」をめぐる物語として進んでゆく。

二人の刑事が夏の亀田の田圃道を歩く。そのあとカメラが一気に引き、緑の田園のなかに二人をロングでとらえるところは名撮影監督、川又昂《たかし》のカメラが冴える。

事件からひと月半ほどたって被害者の身元が分かる。岡山県の小さな町で雑貨商を営む男だった。ここで秋田県の亀田との関わりが切れてしまうが、「カメダ」にこだわり続ける刑事の丹波哲郎は、国立国語研究所に行き、そこで東北弁に似た言葉が島根県の出雲地方でも話されていることを教えられる。所員を演じているのは劇団民藝の俳優で昭和三十年代に小津安二郎の『東京暮色』など数多くの作品に出演した信欣三。

丹波哲郎は研究所を出るとすぐ島根県の地図を買い、喫茶店に入り「カメダ」がないか丁寧に地図を見てゆく。すると「亀嵩」という二文字が目に飛び込んでくる。「カメダケ」。「カメダ」に似ている。暗号の謎が解ける瞬間で、ここは前半の山場になっている。

丹波哲郎はただちに亀嵩に出かける。山陰本線で松江の先の宍道《しんじ》まで行き、木次《きすぎ》線の備後落合行に乗り換える。ひとつ手前の出雲三成《いづもみなり》で降り、地元の警察に向かう。

松本清張の推理小説は超人的な名探偵が謎解きをするというより、刑事が足を使って地道に捜査し、その努力の積み重ねの結果、事件が解決するという形を取るのを特色とするが、それを受けてこの映画でも刑事の丹波哲郎は実によく旅をする。羽後亀田から亀嵩、伊勢二見浦、石川県の上沼郡大畑村、大阪、さらに瀬戸内と日本各地をこつこつと歩いてゆく。旅、移動の物語にもなっている。

とくに丹波哲郎は鉄道をよく利用するので、この映画は鉄道ファンにも愛されている。木次線の亀嵩駅は田舎の小さな駅にもかかわらずこの映画で広く知られるようになった。ただ、撮影にあたっては、同じ木次線の八川《やかわ》駅と出雲八代《やしろ》駅が亀嵩駅に見立てられた。映画評論家の田沼雄一氏の労作『映画を旅する』（小学館ライブラリー）によれば、『砂の器』の撮影の直前に亀嵩駅の駅舎が手打ちそば屋に衣更えをしたため（駅舎とそば屋が一緒になっている）撮影に不向きとなったという。

亀嵩で丹波哲郎は被害者（緒形拳）が村の巡査をしていたこと、村人に慕われていたことを知る。人の恨みを買うような人間ではなかった。では羽後亀田行きと同じように無駄足だったたか。

刑事の地道な捜査が続く。その過程（無駄足を含め）が丹念に描かれる。一気に解決に向かわない。過程を大事にする。だからこそ謎が分かってくる時の面白さが生まれる。この点で橋本忍と山田洋次の脚本は周到で、よく出来ている。

次に山場が来る。

被害者は岡山の家からお伊勢参りの旅に出たが、伊勢から急に東京に行った。なぜ予定を変えたのか。丹波哲郎はその謎を追って、今度は三重県の伊勢市に行く。

羽後亀田行きと亀嵩行きの二度の出張が空振りに終わったので気が引けたのだろう、今回は休暇を取って自費で行く。このあたりの生活感覚が好ましい。また彼が俳句好きというのも好人物を思わせる。

被害者が泊まった旅館の主人と仲居（瀬良明、春川ますみ）の聞き込みから、刑事は被害者が近くの映画館に二日も通ったことを知る。館主を演じている渥美清が、必死になって真相を追う丹波哲郎と対照的に、事件のことなど何も知らないから飄々としているのが笑わせる。

被害者が見た映画のなかに手がかりがあるのか。しかしそれが何かは分からない。またしても無駄足になるのか。その時、刑事は事務室に掛けられていた大きな写真に目が釘づけになる。その写真には――。ミステリとして見た時の『砂の器』の最高のクライマックスだろう。刑事の足を使った地道な捜査がついに実を結んだ瞬間は、感動を与える。

同時にこの映画はミステリにとどまっていない。古今東西の物語の原型に「出生の秘密」がある。主人公には隠された出生の秘密がある。『砂の器』は後半、犯人探しの物語から、いまは新進の作曲家として脚光を浴びている和賀英良（加藤剛）の出生の秘密が明らかになる物語へと広がってゆく。

それは実に悲しい物語になっている。終盤、捜査会議と和賀の新作発表のコンサートが並行して描かれてゆき、さらにそこに、子供時代の和賀英良が難病を病んだ父親（加藤嘉《よし》）と苦難に満ちた巡礼の旅を続ける姿が回想されてゆく。住み慣れた故郷を去るしかなかった者の悲しみが、和賀英良が作曲し自ら指揮する「宿命」という荘重なシンフォニーと溶け合う。

青森県の龍飛岬《たっぴみさき》で厳冬に撮影されたという、親子が荒れた海と向かい合う場面は人の世のはかなさ、厳しさを感じさせ圧倒的。ミステリを超え、ギリシャ悲劇のような重厚な物語になっている。

戦後の混乱がもたらした事件――『ゼロの焦点』(一九六一年)

野村芳太郎監督/久我美子、高千穂ひづる、有馬稲子主演

新婚早々の夫が仕事で金沢に出かけたきり帰ってこない。心配した妻が夫の行方を探す。ミステリ小説でおなじみの失踪もの。通常は家族などから依頼を受けた私立探偵が活躍するのだが、『ゼロの焦点』ではいわば素人である若妻が、消えた夫の行方を追う。

私立探偵という特殊な人間ではなく、普通の女性が主人公になっているので見る側は感情移入がしやすいし、異常な物語というよりわれわれの生活のなかでも起こりうるかもしれないというリアリティがある。

久我美子演じる禎子《ていこ》という東京に住む二十六歳の女性が、広告会社に勤める鵜原憲一(南原《なんばら》宏治)と見合い結婚する。

夫は十歳年上。大手広告会社の金沢にある出張所の所長だが、結婚を機に東京勤務になった。新婚旅行のあと、残務整理のため金沢に出かける。禎子は上野駅まで夫を見送ったが、それが夫を見た最後になる。

禎子は広告会社の人間（穂積《ほづみ》隆信）の協力を得て、冬の金沢で夫の行方を追う。この過程が前半の面白さになる。

見合い結婚だったために禎子は実は夫のことをよく知らない。十歳も年上の夫には禎子の知らない過去があるらしい。その過去は何か。『砂の器』でもそうだったが、松本清張のドラマでは隠された過去が犯罪の鍵になる。

過去と現在が平坦に続いている現代と違って、戦争や戦後の混乱の傷跡がまだ深く残っていた昭和三十年代は、過去と現在のあいだに深い溝がある。

禎子は夫が失踪してはじめて、自分が夫の過去を知らなかったとわかる。そして自分なりに夫の過去を調べてゆく。母親（高橋とよ）に頼んで仲人（十朱《とあけ》久雄）に夫の経歴を詳しく調べてもらい、そこで夫の意外な過去を知る。戦後、東京の立川で巡査をしていたという。

いまではもうそういう過去のイメージはなくなっているが、昭和三十年代までは立川といえば米軍基地のある町として知られていた。日本は戦後、連合軍（実質はアメリカ）によって占領されていた。いわゆるオキュパイド・ジャパン。ようやく日本が独立するのは昭和二十七年（一九五二）四月に対日講和条約が発効してから。

「立川」は占領時代の象徴的地名だった。『砂の器』で「亀嵩《かめだけ》」が過去をよみがえらせるキー・ワードになったように、『ゼロの焦点』では「立川」が重要な意味を持ってくる。戦後、立川で夫は何をしていたのか。そこで何があったのか。それが夫の失踪と関わってくるのではないか。

禎子は金沢で夫が世話になったという耐火煉瓦会社の社長（加藤嘉）とその妻、佐知子（高千穂ひづる）に会う。佐知子は後妻で、まだ若く、美しい。文化人で金沢の町の名士になっている。

佐知子を演じる高千穂ひづるは東映のお姫様女優として知られた。宝塚出身。大ヒット作となった『新諸国物語　笛吹童子』や『新諸国物語　紅孔雀』（ともに昭和二十九年公開）で人気を得た。しかし東映は男優中心の映画が多かったので、のち女性映画の多い松竹に移籍。『ゼロの焦点』の名流夫人は代表作になった。

夫の過去を調べてゆくうちに禎子は、夫には目分とは別に金沢に女性がいたのではないかと疑うようになる。

夫の足跡を追って禎子は、能登半島の奥へと旅してゆく。羽咋《はくい》から三明《さんみょう》、高浜《たかはま》。冬の北陸は暗い。その暗さは、夫の知られざる過去の暗さと重なり合っている。

久我美子演じる禎子が寒さのなか一人さびれた海辺の村を歩き、そこで以前、写真で見たと同じあばら家のような粗末な家を見つけるところは、この映画のクライマックスのひとつだろう。現在のなかにはじめて暗い過去が顔を出す。

映画は実際に冬の能登半島でロケされていて、その寒々とした暗さが映像力になってい
る。監督の野村芳太郎はのちにこう書いている。

「清張さんの原作を片手に、冬の能登半島を、殺人の舞台になる断崖を探して歩き廻った。十二月の能登の天候はまるで気違いの様で、横なぐりの突風や、パチンコ玉の様なアラレが降った。空が暗く、その一部がさけると、一条の光りで、暗い海の一部が輝き、波が踊った。この時見た景色が「ゼロの焦点」を映画化する時の私のイメージの原点になった」

（「清張作品と私」、『松本清張全集』第三巻月報）

映画のなかで土地の警官（高木信夫）が禎子に説明しているように、断崖は能登金剛《こんごう》といわれるところ。撮影は富来《とぎ》町（現志賀《しが》町）のヤセの断崖で行われている。

また、禎子が自殺体を見るために能登金剛に行く時には、現在ではもう廃線になっている北陸鉄道能登線の小さな列車に乗っている。鉄道がなくなった現在、これは貴重な映像になっている。

夫の足跡を追ううちに禎子は、以前、夫が立川署で巡査をしていたという過去が気になってくる。思い立って自分の足で立川に出かけ、立川署で夫のかつての同僚（磯野秋雄）に会う。彼から夫は、風紀係をしていたことを知る。風紀係といえば、日常的に接するの

は米兵相手のパンパン（娼婦）。

夫は過去にパンパンと関係があった。それが夫の失踪と関係があるのではないか。『砂の器』で「亀嵩」が事件の鍵となったように、『ゼロの焦点』では「立川」＝「パンパン」が意味を持ってくる。「パンパン」が過去の亡霊のようにあらわれてくる。

そういえば、禎子が会社の人間と耐火煉瓦の会社を訪れた時、受付にいた女性（有馬稲子）は、実地でたたきあげたような英語を喋《しゃべ》っていた。夫の行方を追うさなか、夫の兄（西村晃《こう》）が金沢の近くで殺された時、派手な女性が一緒だったことが目撃されている。

もしかしたら、昔、パンパンをしていた彼女が過去を知られたくないために夫とその兄を殺したのか。私立探偵ではない普通の女性がついに真犯人を探し当てるところは感動的。同時に、その犯人に暗い過去があったことを知る時、観客は『砂の器』の場合と同じように犯人にも同情を禁じ得ない。単純に人を善悪で裁かない。そこに清張作品の深さがある。

悲劇に終わった少年の性の目ざめ──『天城越え』（一九八三年）

三村晴彦監督／田中裕子主演

松本清張の特色のひとつは日本の風土を巧みに作品のなかに取り入れていることだろう。『砂の器』の出雲（亀嵩）をはじめ、『風の視線』の十三潟《じゅうさんがた》、『ゼロの焦点』の能登、『眼の壁』の美濃路など、作品は舞台となる土地と密接に結びついている。

昭和三十四年（一九五九）に「サンデー毎日」に発表された短篇「天城越え」は題名があらわしているように伊豆半島のなかほどにある天城峠を舞台にしている。

映画も天城峠とその周辺で撮影されている。緑豊かな天城の風景が実に美しい。そのなかで悲劇が起きる。

回想形式をとっている。

新幹線が走る現代の静岡市。印刷業を営む小野寺健造（平幹二朗）のところに留守中、マスクをした老人（あとで元刑事とわかる。渡瀬恒彦）が訪ねて来て、ある印刷を頼む。出先から戻った小野寺が依頼されたものを見ると「刑事捜査資料」とあり、そこに「天城山の土工殺し事件」のことが書かれている。それを見た小野寺は四十数年前、昭和十五年六月の天城山中のことを思い出す（原作では大正十五年）。

印刷所の活字が「天城山」と組まれ、その活字がアップになり過去へ戻る。うまい手法。「私」は十四歳の時、川端康成の『伊豆の踊子』の学生と同じように天城峠を歩いて越えたことがある、と平幹二朗の声でナレーションが入る。

『伊豆の踊子』の学生は修善寺から下田に向かったが、「私」は逆に下田から修善寺に向かう。学生は当時のエリート、第一高等学校（一高）の生徒だったが、「私」は下田の鍛冶屋の子供。このあたりの設定は、社会の隅に生きる人間を描き続けた松本清張らしい。

「私」は、下田での暮しが嫌で家出してきた。静岡で印刷の見習工をしている兄を頼ってゆこうとしている。

まだういういしい。幼なさを残している。霜降りの学生服。学生服には白いカヴァーをかけている。昭和三十年代まで東京でも見られた学生の夏の服装で懐かしい。

天城峠は伊豆を南北に分ける。

峠にトンネルがある。明治三十八年（一九〇五）に出来た。現在も残っている。下田の方から来て、トンネルを抜けると修善寺になる。

下田の少年（伊藤洋一）にとってはもう知らない世界。家出してきた少年は、はじめて恐怖を感じる。松本清張の原作には、こうある。

「トンネルを通り抜けると、別な景色がひろがっていた」「私は、「他国」を感じた。空気まで違っているのだ。十六歳の私は、はじめて他国に足を踏み入れる恐怖を覚えた」

この「他国」を見た少年の心細さ、怖れが悲劇の伏線になっている。

「他国」へ足を踏み入れる勇気がない少年は下田に引き返すことにする。その時、修善寺の方からひとりの若い女性が歩いてくるのが目に入る。

近在の農家の地味な女性たちとは巡って、派手な服装をしている。少年の、「運命の女」との出会い。

演じているのは田中裕子。カメラははじめその白い足をスローモーションでとらえる。明らかにカメラが少年の目になっている。

少年はたちまちこの「ハナ」に惹きつけられる。おそらく生まれてはじめて会った美しい女性だろう。彼女は少年に優しい。草履で痛めた足指をいたわってくれる。

姉のようでもあり、母のようでもある。彼女はあとで修善寺の花街から足抜けしてきた酌婦だと分かるが、少年の目には、あくまでも優しい姉か母のように見える。

同時に、はじめて意識した大人の色香を感じさせる女性でもある。カメラは、彼女の赤い唇、はだけた着物からのぞく真白なうなじ、ふくらみを持った胸もとをとらえる。ここでもカメラは少年の目になっている。少年の性の目ざめである。これがまた悲劇の伏線になってゆく。

彼女に惹かれてゆく少年だが、彼女はあるところで前をゆく「土工」（各地を転々とする労働者／金子研三）の姿を認めると、少年と別れ、「土工」の方へ走り寄ってゆく。

そして、その「土工」が殺された。

捜査が始まる。若い刑事（渡瀬恒彦）が中心になる。容疑者として、少年が出会ったハナが浮かびあがり、逮捕される。

それで事件は終わったかに見えたが、四十数年後、いまは年老いた刑事の執念で真相が明らかになってゆく（もうとうに時効になっているが）。

この映画は、犯人探しのミステリではない。誰が「土工」を殺したかより、なぜ殺人事件が起きたのか、という動機が問題になっている。そこで浮かびあがるのが、十四歳の少年の女性への複雑な思い。

十四歳の少年は性に対して潔癖なところがある。以前、母親（吉行和子）が、ひそかによその男と交わっているのを盗み見て、衝撃を受けた。家出の一因もそのためだろう。

そして、天城山中でも「ハナ」という女性の同じような、乱れる姿を見た。その姿が潔癖な少年を打ちのめした。

松本清張の描く女性は、しばしば、「母親」と「魔性の女」の両面を持っている。いわば「母」と「おんな」。「火の記憶」や「潜在光景」の女性像にはそれがよくあらわれている。大人になれば、女性のもつ二面性を容易に受け入れられるが、少年にはそれが許せない。純粋であればあるほど、大人の社会に対する怒り、嫌悪感が強くなり、ついには殺意にまでふくらんでしまう。

天城トンネルが映像のキー・イメージになっているが、それは少年にとって大人の社会の入り口になっている。あの時、少年はいったんはトンネルの向うに出たものの、はじめて見る「他国」に怖れを覚え、結局は引き返してしまった。

「母性」と「魔性」の両方を演じ分けた田中裕子は素晴らしく、キネマ旬報賞をはじめ数々の女優賞に輝いた。

とくに、逮捕されてゆく時、駆けつけた少年を慈愛に満ちたまなざしで見つめるところは心に残る。明らかに少年を許している。汚れた女が聖なる女になる。

弱い女性による復讐の悲しさ――『霧の旗』（一九六五年）

山田洋次監督／倍賞千恵子、滝沢修、新珠三千代主演

松本清張のミステリのなかでも異色中の異色の長編の映画化。監督は「男はつらいよ」シリーズを作る前のまだ新鋭といっていい頃の山田洋次。脚本は清張ミステリに定評のある『張込み』（一九五八年）、『ゼロの焦点』（一九六一年）の橋本忍。山田洋次にとっては、はじめてのミステリ映画になる。

異色というのはヒロイン像。形容矛盾になるが「けなげな悪女」。これまでの小説や映画にはあまり登場してこなかった。復讐を行なう悪女でありながら、同時に、少女のような清純さ、けなげさを合わせ持っている。だから憎めない。

復讐劇になっている。殺人事件の容疑者にされた兄のため、妹が東京の高名な弁護士に弁護を依頼する。しかし、弁護士は貧しい田舎の女性の依頼を、多忙を理由に断わる。兄は裁判で有罪、死刑の判決を受け、そのあと獄中で病死する。

無罪の兄が無念の死を遂げたのは弁護を断わった弁護士のためと、妹である主人公の女

性は、この弁護士に復讐を図る。

平たくいえば、逆恨みである。本来、復讐しようとするのなら彼女は、真犯人を探しだすべきなのに、それをしないで、たまたま弁護を断わったという理由で、事件と関係のない弁護士に復讐しようと企てる。それも、彼の社会的地位を完全に葬ろうとする冷酷な方法で。

原作を読んだ橋本忍は、このヒロインに興味を覚え脚本を書いた。当初、東宝で映画化を考えていたが、あまりに異色なヒロインの物語なので東宝が二の足を踏み、宙に浮いてしまった。それを『張込み』『ゼロの焦点』で野村芳太郎監督の助監督を務めた山田洋次が思い切って松竹に持ち込んだ。当初は、城戸四郎社長も難色を示したが、山田洋次の熱意に押切られた。ヒットシリーズ「男はつらいよ」の前に、この企画を出した山田監督はかなり勇気がいったことだろう。

映画化に当って橋本忍は山田洋次に、およそ悪女役にほど遠い倍賞千恵子を推薦したという。「けなげな悪女」という意外性のためだろう。山田洋次監督の『下町の太陽』（一九六三年）で下町娘を演じた倍賞千恵子には、けなげさがあった。

熊本市で金貸しの老女性が殺される。彼女から金を借りていた小学校の教員（露口茂）が容疑者として逮捕される。容疑を否認するが状況証拠は不利。国選弁護人（大町文夫）

はやる気がない。兄の身を思う、タイピストをしている妹（倍賞千恵子）は、東京の有名な弁護士（滝沢修）に助けを求める。

冒頭、彼女が熊本から列車で一昼夜かけて東京に向かう姿がとらえられる。『張込み』の刑事たちの旅と同じ。今回は九州から東京へと逆方向になっている。ちなみに原作は「K市」だが、映画では「熊本市」と明示している。

東京に着いた彼女は、日比谷あたりの弁護士の事務所を訪ねるが、高名な弁護士は、地方で起きた事件の、それも貧しい人間の弁護をしてもなんの益もないと判断したのだろう、彼女の依頼を断わる。はるばる熊本から出て来たのに冷たく扱われ、彼女は深く傷つく。

弁護士に断わられたあと皇居の堀端を、打ちのめされた彼女が歩く。車が数多く走っているのにその音は聞こえない。彼女のコツコツという靴音だけが響く。東京での孤独感をあらわす秀逸な手法。

偶然出会った雑誌の編集者（近藤洋介）が事件に興味を覚え、九州の地元紙で調べたりするが力になれない。

一年後。彼女の兄は有罪判決を受け、獄中で病死してしまう。そして彼女はひとり東京に出て来て、バーで働くことになる。このバーで働く女性たち（市原悦子ら）が九州出身者ばかりというのが面白い。松本清張自身、九州出身だし、東京という町は、地方出身者が多いことも示している。

ここで思わぬことが起きる。やや偶然の感は否めないが、あり得ないことではない。弁護士には、銀座でレストランを経営する愛人（新珠三千代）がある。彼女には他方で、若い恋人（川津祐介）がいる。

ある夜、その若者が家で何者かに殺される。ちょうど、弁護士の愛人が密会しようと家に来た時で、彼女は若者の死体を見てあわてて彼の家から出て来る。そこをヒロインが見てしまう。

ここから、彼女の復讐が始まる。

弁護士を困らせるために、彼女はその愛人を犯人に仕立て上げる。簡単なことで、現場となった家で、彼女になど会ったことはない、彼女の無罪を証明するライターなど見たことはないと偽証する。

倍賞千恵子がこのあたりから、それまでの清純さとは打って変わった、ふてぶてしい、凄みのある悪女ぶりを見せてゆく。

偽証することで、弁護士の愛人を犯人にする。事件はマスコミに知られることになり、スキャンダルとなる。弁護士は社会的に追いつめられてゆく。ヒロインに土下座までして偽証を撤回してくれと頼むが、彼女は応じない。むしろ、社会的地位のある弁護士を弄ぶ。

弱者の復讐である。

弁護士から見れば、自分は何も悪いことをしていないのになぜこんな目に遭うのかという不可解な思いだろう。

実はこの物語には前例がある。阿刀田高『松本清張あらかると』（中央公論社）によれば、フランス映画、アンドレ・カイヤット監督『眼には眼を』（一九五七年）だという。

中東レバノンのある町の病院で働く医師（クルト・ユルゲンス）が、町のアラブ人（フォルコ・ルリ）に思わぬ復讐をされる。

医者はある夜、疲れ切って家に戻った時、アラブ人から急病の妻を診てくれと頼まれたが、それを断った。病院に行ってくれと言った。決して間違ったことをしたわけではない。しかし、その結果、妻を亡くしたアラブ人は医師に復讐を決意する。

『霧の旗』は、理不尽な復讐という点で『眼には眼を』に似ている。ただ、理不尽な逆恨みではあるかもしれないが、若く貧しく無力な彼女にとっては、弁護士に怒りを向ける他なかったのだろう。そこが切なく悲しい。復讐者ではあるが、兄を思うけなげな妹でもある。倍賞千恵子が、この難しい役をよく演じている。

絶望と罪悪感に揺れる父の姿――『鬼畜』（一九七八年）

野村芳太郎監督／緒形拳、岩下志麻、小川真由美主演

自分の都合で我が子を殺すことになった父親の狂気と、そこまで追いつめられた絶望。我が子を手にかけるとは文字通り鬼畜の所業だが、同時にそこには、他にどうしようもなかった男の悲しみが沈んでいる。

緒形拳がみごとな演技でこの主人公を演じている。キネマ旬報賞、毎日映画コンクールなど数々の賞で主演男優賞を受賞したのもうなずける。

善人と悪人の両方を演じることが出来るのが名優の条件だが、『鬼畜』の主人公の役はまさに善人と悪人が同居していて、緒形拳はその複雑な人間像を演じ切った。

緒形拳演じる主人公は地方都市で小さな印刷所を営んでいる。叩き上げの職人で、ようやく自分の印刷所を持った。岩下志麻演じる妻が夫を支えている。二人で汗水垂らして働き、ようやく人並みの暮しが出来るようになった。夫婦には子供がいない。それが悲劇の一因になる。

松本清張の原作では舞台は「S市」だが映画は、関東の小京都として近年人気の高い川越になっている。瓦屋根の蔵造りや町のシンボル「時の鐘」がとらえられる。

印刷所といっても夫婦二人と通いの職人（蟹江敬三）の三人でなんとかやりくりしている家内工業のような小さな店。十代のはじめから働きに出た叩き上げの主人公が三十歳を過ぎてようやく持てた。

松本清張は少年時代に印刷所で働いたことがある。その体験からか清張作品にはよく小さな印刷所が登場する。「二階」「天城越え」『連環』『遠い接近』などが思い浮かぶ。

主人公の緒形拳は妻の岩下志麻に頭が上がらない。妻も印刷所で住み込みで働いていた。気が強く弁も立つ。結婚生活が長く続くうちに夫は妻の言いなりになっていった。

妻はやせて、ぎすぎすしている。女性らしい潤いがない。印刷業は順調にいっても夫婦のあいだに愛情がなくなってゆく。

そんな時、夫は仕事の接待で行くようになった小さな料亭の仲居と知り合い、男女関係になってゆく。苦労人がようやく生活にゆとりが出来た時に家の外に愛人を作る。その愛人の存在が悲劇を生んでゆく。清張作品によくあるパターン。

妻を演じるのは岩下志麻。清張作品には他に『風の視線』（一九六三年）、『影の車』（一九七〇年）、『内海の輪』（一九七一年）がある。他方、愛人を演じるのは小川真由美。清張作品には他に『影の車』がある。

この二人の名女優も緒形拳同様、善悪両方の女性を演じることが出来る。たとえばこの映画で、岩下志麻と小川真由美を入れ替えても二人はそれぞれ難役を演じ切ることが出来るだろう。

清張の原作と違って映画は、いきなり事件から始まる。愛人の小川真由美が三人の幼い子供を連れて、緒形拳の印刷所に押しかける。井手雅人の脚本は、冒頭からずばりと緒形拳の主人公をめぐる三角関係に切り込む。

夏の炎天下、三人の子供を連れた小川真由美が緑の木々のあいだを歩いてゆく姿を俯瞰でとらえる川又昂《たかし》のカメラがまずみごと。これから何かただならぬことが起こる不安を予感させる。

小川真由美は東武東上線の小さな駅、男衾《おぶすま》駅から電車に乗り、同じ路線の川越市駅で降りる。清張作品の特色のひとつは鉄道による移動だが、この映画も東武鉄道をはじめ、のちに登場する新幹線や、北陸を走る京福《けいふく》電車や能登鉄道などの列車をうまく使っている。

一時は印刷業がうまくいっていたが火事で焼けたために仕事が苦しくなった。愛人への手当てもとどこおる。そこで愛人の小川真由美が三人の子供を連れて、家に乗り込んだ。

七年間、妻に隠していた秘めごとが明るみになった。愛人がいる。しかも三人の子供も。

修羅場が始まる。

愛人は三人の子供を置いて去ってゆく。妻と違って潤いのある女性に見えた愛人も結局は身勝手だった。優しく見えた人間が切羽詰まると、思いもかけない面を見せる。人間にはつねに善と悪、表と裏がある。それが行ったりきたりする。自ら苦労人である松本清張の深い人間観といえる。


いきなり三人の子供を押しつけられた。

主人公の緒形拳にとっても、妻の岩下志麻にとっても、思いもかけない災難である。妻は当然、夫が隠れて愛人とのあいだに生んだ子供に冷たい。夫に三人をなんとかしろと無言で威圧する。その言葉には子供たちを殺せという意がある。

妻に隠れて愛人を作り、しかも三人の子供を作ってしまったという夫は妻に対して負い目がある。もともと、職人としての腕はあるが男として気が弱い。妻への負い目もあって三人の子供をなんとか処分しようと思う。

幸い、いちばん下の幼な子は栄養失調で死んだ。二番目の女の子は、苦労の末に、東京タワーに遊びに連れてゆき、そこに置き去りにした。

追いつめられた緒形拳のしていることは確かに鬼畜の所業だが、彼は決して悪人ではない。むしろ善良な庶民である。それが、自分でも許せない子捨てをせざるを得ない。そこにこの映画の悲しみがある。『砂の器』といい『ゼロの焦点』といい、清張作品が胸を打つのは、犯罪を犯す人間に、やむにやまれぬ悲しみがあるからだ。

最後に残った六歳になる男の子をどうするか。

「父ちゃん」とその子供に慕われている父親、緒形拳が子供を殺すための旅に出る。どこで、どう殺せばいいか。一種の道行《みちゆき》である。悪人と善人がせめぎ合う。子供を殺さなければという切羽詰まった絶望と、そんなことをしてはならないという罪の意識。

両極に揺れ動きながら、映画『ゼロの焦点』の舞台にもなった能登半島、能登金剛の絶壁へと向かう緒形拳の姿が胸に迫る。普通の人間も結局は彼のように善と悪、黒と白のあいだを揺れて生きているのだから。

子供にして大人の世界の醜さを知り、それとたった一人で戦おうとする男の子（子役、岩瀬浩規）の描き方も特筆もの。「父ちゃん」への愛情と憎しみが複雑に交わり合い、それが力強い目の力によってあらわされる。

「明るい悪女」とエリートの対決──『疑惑』（一九八二年）

野村芳太郎監督／岩下志麻、桃井かおり主演

悪女ものの怪作といっていいだろう。昔の言葉でいえばこの女主人公は毒婦。女であることを武器に金持の男に近づき、翻弄《ほんろう》し、ついに死に至らしめてしまう。殺人は犯してもその動機を知れば哀れを感じさせる『ゼロの焦点』の女性とはまるで違う。この悪女は終始ふてぶてしく、憎たらしく、傲岸《ごうがん》そのもの。自分のしていることをまったく恥じない。

桃井かおりがこの悪女を怪演している。彼女の代表作といっていいだろう。しかも、この悪女には不思議なことにどこか突き抜けるような明るさがある。おそらく自分のことを悪女などと思っていない。自然のまま、思うまま、欲望に忠実に生きている。こういう「明るい悪女」を演じられる女優は桃井かおりくらいしかいないだろう。

「オール讀物」の昭和五十七年（一九八二）二月号に発表された中篇『昇る足音』をもとにしている。脚本は野村芳太郎と古田求《もとむ》。原作とはかなり違っている。原作は、有罪と決まっていない容疑者を犯人と決めつけて過剰な報道に走るマスコミへの批判が主題にな

っている。映画では、女主人公の「明るい悪女」ぶりのほうが大きく扱われる。

富山県の新湊市《しんみなと》（原作では「T市」）で事件が起きる。男女二人を乗せた乗用車が夏のある夜、港の埠頭《ふとう》岸壁から海に落ちた。女は自力で脱出したが、男は死んだ。

一見、事故のように見えたが、死んだ男が地元の資産家（仲谷昇）だったこと、助かった女は、その元ホステスの後妻だったことから事件としては不自然ではないかという見方が広まってゆく。

とくに資産家には三億円もの保険金が掛けられていたことが分かり、女による保険金詐欺が目的の殺人事件ではないかという疑惑が強まる。

地元紙の記者（柄本明）は、彼女が犯人という確信を抱き、連日のように紙面で「悪女キャンペーン」を張る。

もともと球磨子《くまこ》という女は、金めあてで資産家をたらしこんだ悪女として地元ではすこぶる評判が悪い。しかも、傷害、恐喝、詐欺など前科が四犯もある。やくざとのつながりもある。地元の名士である資産家がなぜこんなひどい女と再婚したのか。母親（北林谷栄）や会社の専務（名古屋章）をはじめ、周りの人間は誰もが彼女を犯人と思い込む。

事件後の彼女の態度もふてぶてしい。事情聴取する刑事たちに悪態をつく。夫の葬式で遺体を見て、敬虔な気持になるどころかわざとのように吐き気を催す。「クマ子」という名前もイメージが悪く、いよいよ犯人視されてゆく。

桃井かおりがこの悪女を楽しそうに演じている。普通なら、周囲の人間にこれだけ白眼視されたらへこたれるものだが、「明るい悪女」は平然としている。刑事たちやマスコミに悪態をつくところなど小気味いいほど。権力とまっこうから戦っている。逮捕されたあと六法全書で勉強するところなど戦闘精神旺盛であっぱれといいたくなる。

裁判が始まる。ところが、いったんは彼女の弁護を引き受けた地元の弁護士（松村達雄）も、引き受けるかに見えた東京の大物弁護士（丹波哲郎）も、状況不利と見たか降りてしまう。そこで国選弁護人として選ばれたのは女性。岩下志麻が演じる。桃井かおりと岩下志麻。二大女優が、いがみあいながら裁判の場では協力してゆくことになる。

片や容疑者のほうは、悪女。熊本県出身で、東京に出てきてホステス業を転々とした。いわば叩き上げ。他方は、弁護士。エリートのキャリア・ウーマン。対照的な二人の人生が透けて見えてくるところが面白い。

ちなみに、原作では国選弁護人は男だが、映画では思い切って女性に変えた。叩き上げの悪女に対するには知的な女性のほうが面白いと考えたからだろう。事実、これが成功し、後半は、二大女優による〝バトル〟で見せてゆく。

やはり証言に立ったクラブのママにも悪口雑言を浴びせかける。ママのほうは、知的な女性弁護士にクラブのことを突っこまれると、これまた逆ギレして「馬鹿じゃないの、この女」と居直る。演じているのが大女優の山田五十鈴だから迫力がある。桃井かおりと岩下志麻を相手に引けをとらない女優といえば山田五十鈴くらいしかいないだろう。

女優たちの迫力の前に、証言台に立つ悪女の元の愛人（鹿賀丈史）や検事（小林稔侍）が小粒に見えてしまうのは気の毒。名優小沢栄太郎演じる鑑定人さえ、悪女の悪口雑言にたじたじになる。

一般に国選弁護人は事件にさほど熱意を示さないとされることが多いが、岩下志麻演じる国選弁護人は、引き受けた以上は被告人のために尽くそうと本気で事件に取り組む。状況証拠から見れば真黒の悪女をなんとか助けようとする。悪女のふてぶてしさにはうんざりしながらも仕事はきちんとする。みごとなプロといえるだろう。

後半はミステリなので詳しく書くことが出来ないが、弁護士の岩下志麻が、車内に残されていた靴の片方とスパナの不自然さに疑問を持ち、そこから誰もが予想もしなかった推理を組み立ててゆくあたりはミステリ映画としての面白さがある。当然、ここは松本清張の原作を受け継いでいる。

前述したように、原作は、犯罪報道で容疑者を判決前に犯人としてセンセーショナルに書きたてるマスコミの暴走、ペンの暴力を主題にしている。映画はその点がやや薄まっているが、それでも、悪女キャンペーンを続ける柄本明演じる地元紙の記者が、独占記事を狙って、証人の鹿賀丈史を能登の高級旅館（『ゼロの焦点』にも登場した加賀屋）に泊め、金を渡すなど、悪女をなんとか犯人に持ってゆこうとする強引な姿を描いている。

弁護士の岩下志麻は離婚している。小さな女の子は元夫（伊藤孝雄）の手元にいる。元夫は新しい妻（真野響子）を迎える。家庭よりも仕事を選んだキャリア・ウーマンの悲しみが最後、さりげなく描かれる。

詐欺事件の謎を追う素人探偵の旅――『眼の壁』（一九五八年）

大庭秀雄監督／佐田啓二、鳳八千代主演

手形の「パクリ」という経済事件に端を発するミステリ。『点と線』とほぼ同時期に並行して書かれた長篇の映画化で、経済事件と殺人事件が組み合わされた、見どころの多い秀作。

松本清張の創作ノート『随筆　黒い手帖』によると、ある検察庁検事から「いままでの探偵小説を読んでいると、たいてい捜査一課の仕事ばかり書いている。しかし二課の仕事もあるのだから、そっちの方のなにかを書いたらどうか」とすすめられたという。

警視庁の捜査一課は殺人事件などを扱うのに対し、二課は汚職詐欺などいわゆる知能犯を扱う。

松本清張は検事からパクリ屋の話を聞き、そこから小説を書き進めていったが、「どうも知能犯だけでは弱い、やはり殺しを書かなければ、と思ったので、『眼の壁』は二課にはじまって一課に終っています」という。

気の弱そうな中年の男（織田政雄）が東海道本線の根府川あたりで列車に飛び込んで自殺する。男は昭和電業という大きな会社の会計課長で、多額の手形をパクリ屋に騙《だま》し取られ、その責任を取って自殺したことが分かる。

実直な上司の死に衝撃を受けた部下の萩崎竜雄（佐田啓二）が、上司の無念を晴らすべく、事件の真相解明に乗り出す。素人探偵の役。友人の新聞記者（高野真二）がこれを助けてゆく。

事件を探るうちに、次々に殺人事件が起こり、謎は深まってゆく。それを二人が追う。上質のミステリになっている。

監督は大佛次郎原作の『帰郷』（一九五〇年）や大ヒットした『君の名は』（一九五三－一九五四年）で知られる大庭秀雄。

脚本の高岩肇は戦前から活躍したベテランで、傑作『大地の侍』（一九五六年、佐伯清監督）、森繁久弥主演の『神坂四郎の犯罪』（一九五六年、久松静児監督）などを手がけている。

また、やはり脚本を書いた江戸川乱歩の「心理試験」の映画化『パレットナイフの殺人』（一九四六年、久松静児監督）は戦後ミステリ映画の草分けといわれている（当時は

「スリラー映画」)。

佐田啓二演じる会計次長の萩崎竜雄はまず、死んだ課長が金策で頼った町の金融業者のところへ行く。そこで社長秘書をしている美しい女性(鳳八千代)に会う。

この女性はどこか謎めいているところがある。美しいが、悪の匂いもする。アメリカのサスペンス映画における「ファム・ファタル」(宿命の女)に近い。

演じている鳳八千代は宝塚出身の清楚な日本的美人。松竹入社第一回作品になる。松本清張の原作のなかで繰返し「美しい」と表現されているが、まさに「美しい」。暗いかげりがあるのがサスペンス映画の女性としてふさわしい。

次長の萩崎は、彼女の線から舟坂英明という政界の黒幕らしい新興右翼の存在を知る。友人の記者と共にこの黒幕に会いにゆくが、本人には会うことが出来ず、事務長(宇佐美淳也)に門前払いを食らう。

萩崎はさらに、舟坂英明の愛人(三谷幸子)が開いている銀座のバーに行ってみる。そこで図らずもまた、美しい秘書に会う。どうもこの女性は舟坂英明と深い関わりがあるらしい。

このバーで萩崎はまた、いわくありげなバーテンダー(渡辺文雄)と話し好きの客

（多々良純）を知る。

やがて第一の殺人が起こる。

バーにいた話し好きの客がバーテンダーに拳銃で撃たれて死ぬ。この男は元刑事で、昭和電業の顧問弁護士（西村晃）に雇われバーテンダーの背後を調べていたらしい。萩崎とは別の線からパクリ事件を追っていた。

その顧問弁護士が今度は姿を消す。何者かに誘拐されたらしい。事件が大きくなる。謎が深まる。しかも、その謎のなかに、美しい女性の影が見え隠れする。

清張ミステリは『点と線』といい『ゼロの焦点』『砂の器』といい、つねに旅が重要な要素になるが、この映画でも、バーテンダーの行方を追う会計次長の佐田啓二が、名古屋から中央本線の下りに乗る。

昭和三十年代だから蒸気機関車がもくもくと煙をあげながら走る。鉄道好きはうれしくなる。列車は高蔵寺《こうぞうじ》、多治見《たじみ》を過ぎ、岐阜県の土岐津《ときつ》へ。

佐田啓二は、そこからタクシーで瑞浪《みずなみ》という小さな町へ行く。町を歩く佐田啓二のナレーションが入る。「瑞浪という町は煙突の多い町です」。

町には土岐川という川が流れている。

これについて松本清張が『随筆　黒い手帖』にこんな失敗談を書いている。「私は以前にある小説で川を出した」「そして、田舎のことだし、川だから、水が澄んでいるものと思った。だから、文章では水の底に透いてみえる石まで入れたのだった。しかし、あとで読者から猛烈な抗議に遇《あ》った。その町は陶器の製造地で、川は一年中、陶土のために真っ白に濁っている、と言うのだった」。

「週刊読売」に連載されていた『眼の壁』のことだろう。現在、一般に手に入りやすい新潮文庫版では「家なみが切れると、川があった。橋の上からのぞくと、水は真っ白く濁っていた。陶土のためだ」と改められている。

旅好きの松本清張だが、実際にその土地に行かず、地図上の旅、「図上旅行」で書いていたこともあったと分かる。

姿を消した弁護士は殺されていた。さらに第一の殺人の犯人であるバーテンダーもまた殺されていたことが分かる。

三人の殺人。その背後にいるのは謎の男、舟坂英明しかいない。しかも彼のそばには、いつもあの美しい女性がいる。

こつこつと歩いて謎を追う萩崎は、舟坂とそして美しい女性の過去を調べる。そして二人の「出生の秘密」を知ることになる。

『ゼロの焦点』や『砂の器』と同じようにここでもまた犯人の過去の秘密が事件と関わってくる。松本清張ミステリならでは。

事件を追う佐田啓二演じる萩崎が、次第に美しい女性、鳳八千代に惹かれてゆく（彼女のほうもまた）というひそかな恋心がいい隠し味になっている。

池田正義のサスペンスあふれる音楽も特筆もの。

子供の姿に過去の自分を見た男――『影の車』（一九七〇年）

野村芳太郎監督／加藤剛、岩下志麻主演

六歳の男の子に殺意があるか。

松本清張が昭和三十六年（一九六一）に発表した「潜在光景」は子供の殺意という主題が当時として衝撃的で話題になった。それまで例がなかったわけではない。エラリー・クイーンの有名なミステリでは子供が犯人だったし、昭和三十二年に日本で公開されたアメリカ映画『悪い種子』（一九五六年、マーヴィン・ルロイ監督）は八歳の女の子が次々に殺人を繰り返す話だった。

松本清張はおそらくそうした先例を意識したことだろう。子供にも殺意はある。近年、現実に子供による殺人が起きていることを考えれば、松本清張のこの考えは充分に説得力を持っていたことになる。

橋本忍脚本、野村芳太郎監督のこの映画は男女の忍び逢いのなかから浮かび上がってくる子供の殺意を描いていて、ラブロマンスとサスペンス、両方の要素を備えている。

加藤剛演じる浜島幸雄は、旅行代理店に勤めるサラリーマン。横浜市郊外の団地に妻（小川真由美）と暮している。結婚して十年ほどになるが子供はいない。夫婦のあいだは表面的にはうまくいっているように見えるが、彼は友人（近藤洋介）に「生活に張り合いみたいなものがなくてね」と倦怠期にあることを打ち明ける。

そんな彼が帰宅途中のバスのなかで幼なじみといっていい女性と二十年ぶりに再会する。女性のほうから「浜島さんじゃございません？」と話しかけてきた。

小磯泰子というその女性は彼の団地のすぐ近くに住んでいる。六歳の男の子がいて夫を亡くしているという。演じている岩下志麻は当時、まだ三十歳前後だが、子供のいる未亡人という難役に挑んでいる。少し生活にやつれた美しさを見せる。

再会した二人は急速に接近する。

家庭生活に張り合いをなくしている平凡なサラリーマンにとっては美しい未亡人は、心をときめかせるには充分だし、一方、夫を亡くし保険の外交員をしながら子供を育てている寂しい女性にとっても再会した幼なじみは頼りにしたくなる。

松本清張は普通の健康的な恋愛はまず描かない。男女の恋愛はほとんどが世を忍ぶもの。この二人も自分たちの関係が世間では許されないものだと知っている。だからこそ暗く燃えあがる。一歩間違えれば二人とも世間から指弾される。危険と隣り合わせの恋愛である。

いつ破綻するか。恋愛がそのままサスペンスになる。

夫婦関係がうまくいっていない幸雄にとって泰子の家を訪ねることが次第に心の安らぎになってくる。まるで家族のように母子と三人で食事をする。松本清張は短篇「駅路」などで男性のなかにある蒸発願望を描いているが、浜島幸雄というこの平凡なサラリーマンにとっても女性の家を訪ねることは、家庭のことも仕事のことも瞬時、忘れることが出来る一種の蒸発になっている。

しかし、この一見、幸せそうに見える擬似家族に暗い影が見えてくる。六歳の男の子の存在である。健一という子供は、突然、母と子の関係に入り込んで来た幸雄になかなかなつかない。大人しい子供だが、何を考えているか分からないところがある。

映画のなかごろから、この子供の存在が大きくなってゆく。とくに、三人でドライブに行き、林のなかに消えたらしい大人たちを捜しに行った子供が、あとで寝たふりをするところは怖い。この子供は母親と男の関係に気づいてはいないか。幸雄は次第に健一を怖れるようになる。とくに自分が健一の母親と許されない関係を持ってしまった負い目から、健一のひとつひとつの行動に怯えるようになる。

この子供は、出刃包丁か鉈《なた》で自分を殺そうとしているのではないか。ネコイラズ入りの饅頭を食べさせようとしたのではないか。戸に鍵をかけて家にとじこめようとしたのではないか。

母親を奪われると思った子供が自分を殺そうとしている。疑惑がしだいに大きくなってゆく。同時に疑惑は幸雄の妄想のようにも見えてくる。子供の母親と許されないことをしているという罪悪感から彼は自分で自分を追いつめてゆく。そしてついに悲劇が起こる。

幸雄は殺人未遂で逮捕される。刑事（芦田伸介）の厳しい取り調べに対し、子供のほうが自分を殺そうとしたからやむなく手をかけたのだと言い張る。

刑事は子供に殺意がある筈がないと幸雄の言い分を受け付けない。ここで観客は疑問を抱くようになる。子供は別に幸雄を殺そうなどと思っていたわけではないのではないか。ただ、幸雄がそう思っただけに過ぎないのでは。すべては彼の妄想のためではないか。

そこで思わぬ真相が明らかになってゆく。

彼が子供には殺意があると思ったのには理由があった。実は彼自身が子供の時に充分な殺意を持って人を殺したことがあった。誰も子供に殺意があるとは考えなかったから、事件は事故として扱われた。いわば完全犯罪になった。

幸雄は幼い頃に父親を亡くした。未亡人となった母親（岩崎加根子）が苦労して育ててくれた。その母親のところに通う男（滝田裕介）が現われた。子供の幸雄は、この男のことを憎んだ。そして、釣り好きの男が、ある時、危険な岩場で釣りをしている時にロープを使って殺した。

彼は同じ境遇にある健一という孤独な子供に、自分を見ていた。彼にとって健一はもうひとりの自分だった。だからこの子供が自分を殺そうとしていると確信した。いってみれば犯人は自分だったということになる。

松本清張作品は『ゼロの焦点』といい『砂の器』といい犯人の隠された過去が重要になるが、ここでも平凡なサラリーマンの思いもかけない過去があらわになる。しかもその過去には幼なじみの女性も関わっている。二人とも同じ漁師町で多感な時代を過ごしたのだから。

原作では漁師町の名は明示されていないが、映画では南房総の千倉になっていて、冒頭、バスのなかで泰子は千倉の思い出を楽しそうに語る。それを幸雄はどんな気持ちで聞いていたのだろう。現在と過去がみごとに重なってくる。千倉の海は明るく、同時に暗い。

思わぬ偽証で破滅する男――『黒い画集　あるサラリーマンの証言』（一九六〇年）堀川弘通監督／小林桂樹主演

原作は昭和三十三年に「週刊朝日」に発表された短篇「証言」。文庫本で二十ページほどの小品なので、映画化に当っては、後半をふくらませ、原作にない話を付加えている。脚本は『張込み』（一九五八年、野村芳太郎監督）を手がけた橋本忍。後半、原作と変えているにもかかわらず松本清張は「原作よりよかった」とほめたという（DVDの小冊子にある堀川弘通監督へのインタビューによる）。「キネマ旬報」のベストテン二位に選ばれている。

東宝作品。これまで清張映画として、松竹では『顔』（一九五七年、大曾根辰保監督）、『張込み』、『眼の壁』（一九五八年、大場秀雄監督）、大映では『共犯者』（一九五八年、田中重雄監督）と時代劇の『かげろう絵図』（一九五九年、衣笠貞之助監督）、日活では短篇「声」の映画化『影なき声』（一九五八年、鈴木清順監督）と「地方紙を買う女」の映画化『危険な女』（一九五九年、若杉光夫監督）、東映では『点と線』（一九五八年、小林恒夫監督）の計八本が作られている。

東宝では、本作が初めてになる。堀川弘通によれば、はじめプロデューサーの三輪禮二は中篇「坂道の家」（昭和三十四年）という、中年の小間物店の店主がキャバレーの女性に入れあげて破滅してゆく話を映画化したがったが、監督の堀川弘通と脚本の橋本忍のほうは「証言」を選んだ。平凡なサラリーマンが思わぬ偽証から身をほろぼしてゆく。サラリーマンものを手がけていた東宝にふさわしいと考えたのだろう。


主人公は石野貞一郎というサラリーマン。原作では四十八歳だが、映画では四十二歳。定年が五十五歳だった時代。もう若くはない。昭和三十一年には石川達三の小説『四十八歳の抵抗』が出版され話題になった。老年が次第に近づいている中年男が、なんとかもうひと花咲かせたいと思い、若い女性と関係するが空しく失敗する。「抵抗族」という言葉が流行った。現代でいう「中年の危機《ミドルエイジ・クライシス》」。この映画の主人公も、まさに危機にいる。

丸ビルにある二流の上という大手の繊維会社で管財課長をしている。世田谷あたりの一戸建てに、妻と二人の子供と暮している。恵まれたサラリーマンといえる。昭和三十年代のはじめ頃といえば、繊維産業が好調で「ガチャマン」という言葉も生まれたほど。この会社も景気がいいに違いない。

主人公を演じるのは小林桂樹。実直なサラリーマンを得意にしたが、この映画の場合はいつもと少し違う。妻や会社の人間に知られると困る秘密がある。会社の部下の若い女性を愛人にしている。松本清張の小説には、このパターンが多いのだが、それは『四十八歳の抵抗』がベストセラーになるような時代を背景にしているためだろう。

高度経済成長の時代、大きな会社のなかでそこそこの地位に就き、経済的にもゆとりの出来た中年男が、次は「愛人」が欲しくなる。それが「男の甲斐性」と思ってしまう。そこから破綻が生じる。

女性は梅谷千恵子という。課長の席の近くに座っているが、会社では無論、他人行儀にしている。アパート住まい。夜、課長がくると甘える。コケティッシュ。演じているのは原知佐子。小柄で小悪魔タイプ。シュミーズ姿やショートパンツ姿に若い色気がある。中年男が夢中になるのも無理はない。

石野は異常なくらいに用心深い。家や会社に二人のことが知られたら終わりだと、卑屈なまでに気をつかっている。千恵子を西大久保あたりの場末のアパートに住まわせているのも、そのあたりならまず人目に触れることはないだろうという用心から。夜、千恵子が「そこまで、見送る」といっても絶対に並んで歩かない。うしろから他人のように付いてこさせるだけ。

ところがある夜、思わぬ失敗をしてしまう。千恵子のアパートを出て、新大久保駅に向かう途中の横丁で、偶然、近所に住む生命保険会社の外交員をしている杉山孝三（織田政雄）に会う。向うが頭を下げたので、つられてこちらも頭を下げてしまう。知られてはならない場所で知り合いに会ってしまった。

普通ならこのくらいのことは大事に至らないのだが、運の悪いことに、杉山が向島の若妻殺しの容疑者として逮捕される。取調べに対し、杉山は、犯行のあった時間には、自分は向島とははるかに離れた西大久保にいた、通りで石野に会った、石野がアリバイを証明してくれると刑事に訴える。

そこで刑事（西村晃）が石野の会社に本当に西大久保の路上で杉山に会ったかどうか聞きに来る。

大変なことになった。正直に「会った」と言えば、世田谷に家があり丸ビルに通うサラリーマンがなぜ西大久保などという普通、縁のないところにいたのかと聞かれる。愛人のアパートに行った帰りだとは言えない。

とっさに、「会っていない」「そもそもそんな町に行っていない」と嘘をつく。「秘密」を持った平凡な中年のサラリーマンがその「秘密」を守るために嘘をつく。

もともと石野は悪人ではないから、嘘をついたことに良心の呵責を覚える。小心なサラリーマンが自分を守るためについた嘘に怯える。保身のための嘘か、真実をいうべきか。板挟みになる主人公の葛藤が中盤の見せ場になってゆく。実直なサラリーマン役の多い小林桂樹だけに、その悩みが痛々しく観客に伝わってくる。

ある日曜日、杉山の妻（菅井きん）と弁護士（三津田健）が石野を訪ね、「本当に会わなかったのか」と必死に聞く。妻は「本当のことを言ってくれ」と迫る。石野は「会っていない」と否定するが、さすがに歯切れが悪い。

その場に居合わせた石野の妻（中北千枝子）は夫の態度がおかしいと思い、二人が帰ったあと「本当は会ったんじゃないの」といぶかる。

必死にすがる菅井きんと、はじめて夫に疑問を持つ中北千枝子がいい演技を見せる。とりわけ「嘘でもいいから会ったと言って下さい」と泣きくずれる菅井きんがあわれ。保険会社のしがない外交員と、丸ビルにある繊維会社の課長とのあいだには、明らかに経済格差があるだけに、石野の保身が身勝手に見えてくる。原作では、石野はこう杉山を冷たく突き放している。「杉山孝三という交際もない他人の利益と、自分の地位や安泰な生活の喪失が交換できるだろうか。愚かなことである」。

エリートならではの冷たい計算が働いている。

杉山の裁判が始まる。石野が証言に立つ。「西大久保で杉山には会っていない」と言う。偽証である。では、その時間、どこで何をしていたのか。渋谷で映画を見ていたとする。裁判官や杉山の弁護士に、どんな映画を見ていたかと突込まれるのを予想して、〝予行演習〟をするのが、苦い笑いを誘う。

千恵子が協力する。神保町あたりの古本屋に行き、「キネマ旬報」のバックナンバーを買い、渋谷の映画館で見たことにするイタリア映画『パンと恋と夢』と西部劇『西部の嵐』のストーリーを頭に叩き込む。当時の「キネマ旬報」には新作紹介欄があり、そこで新作のスタッフ、キャスト、それにストーリーが詳しく書かれていた。ちなみにジナ・ロロブリジダ主演の『パンと恋と夢』は実際の映画だが、『西部の嵐』は聞いたことがない。原作には映画の題名は出てこない。

石野は、この〝予行演習〟のおかげで法廷で堂々と「西大久保で杉山には会っていない」「僕はその時間、渋谷で映画を見ていた」と偽証する。杉山は検事（平田昭彦）に死刑を求刑される。石野の偽証の罪は重い。

原作ではこのあと、千恵子が若い恋人に、石野が杉山に西大久保で会ったのは本当だと話してしまい、その話が弁護士に伝わり、真実が明らかになる。「弁護士は、石野貞一郎を偽証罪として告訴した。石野貞一郎が秘匿していた生活がにわかに明るみに出た。彼が、あれほど防衛していた破局が、急速に彼の上におそってきた」。

　映画では石野の破局は同じだが、経緯が少し違う。千恵子の存在がより大きい。石野は発覚を怖れ、千恵子を別のアパートに引越させる。それが裏目に出る。

　新しいアパートには、松崎という学生（江原達怡）が住んでいる。千恵子はたちまち彼と親しくなる。若い女性が中年男で我慢出来る筈がない。江の島にドライブに行ったりする。このあたり、原知佐子が溌剌とした小悪魔の魅力を見せる。

　松崎は遊び人で、やくざ（小池朝雄）と付き合いがある。賭け麻雀をして負け、その金を払えないので、やくざとひと悶着がある。そしてやくざに殺される。その容疑者として同じアパートの千恵子の部屋に出入りしている石野が逮捕されてしまう。

　しかも、皮肉なことに取調べに当った刑事は、杉山の事件と同じ刑事。西村晃演じるこの刑事がねちねちと石野を調べるところは叩き上げの刑事の、エリートサラリーマンに対する反感がよく出ている。石野が「僕」と言うたびに、「僕はそれからどうした」「僕はそこにあったナイフで刺したのか」「僕は逃げたのか」とさかんに「僕」をいたぶる。いい年齢をした大人が「僕」というのが、叩き上げの刑事には気に入らない。

ここで石野がアリバイを主張する時に、新橋で映画を見ていたと言うのが興味深い。藤井淑禎が『清張ミステリーと昭和三十年代』（文春新書）で指摘しているように、昭和三十年代の前半は、映画の黄金時代。昭和三十三年の映画人口は現在の約十倍、十一億二千七百四十五万人にもなった。日本人が日常的に映画を見ていた時代だった。だから清張ミステリでは登場人物がよく映画を見るし、アリバイ作りに映画を使う。

松崎殺しの容疑者として逮捕された石野は刑事に、犯行があった時間、「僕は新橋の映画館で『夜ごとの美女』と『お嬢さんお手やわらかに』の二本立てを見ていた、アリバイがある」と訴える（どちらも実際の映画）。

刑事はそれを聞いてせせら笑う。「僕」は杉山の事件の時も、渋谷で映画を見ていたといった、こんどは新橋で映画か、どうせ嘘だろ。嘘をついた時は信じてもらえて、本当のことを言った時は信じてもらえない。このあたりジェイムズ・M・ケインの『郵便配達は二度ベルを鳴らす』を思わせる。

石野は二度にわたる〝映画鑑賞〟で墓穴を掘ってゆく。最後に松崎殺人の真犯人は見つかるものの、偽証、そして愛人がいたことが明るみになったことで、「破局」は急速に石野の上におそってくるだろう。

第4章 清張作品への旅

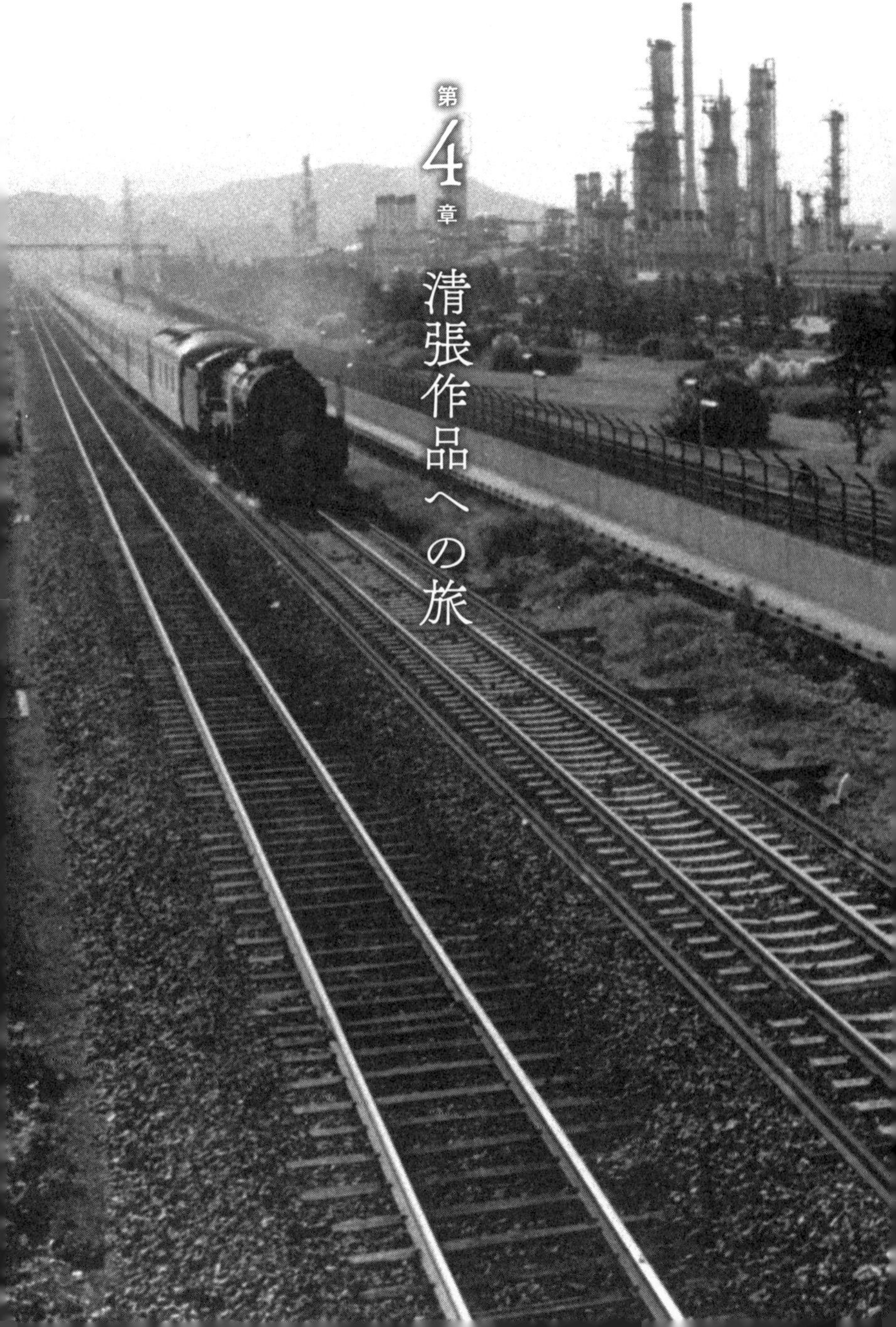

松本清張の「地方性」

松本清張の小説を読むと、旅に出たくなる。というのも、そこには、一般には知られていない日本の地方都市、田舎町が描かれていて、いったいどんな町なのだろうと、好奇心にとらわれるからだ。

実際、『点と線』で〝心中死体〟が発見される福岡県の香椎の海岸や、『ゼロの焦点』の舞台になった能登半島――羽咋、能登金剛、「東経139度線」の群馬県の鬼石と八塩温泉、などには文庫本片手に出かけて行き、文学散歩をしたものだ。

井上ひさしは「清張文学　魅力のすべて」(「文藝春秋」七三年十一月臨時増刊)のなかで、清張文学の魅力はよくいわれる日常性と庶民性に加えて地方性にあるとしている。『点と線』は、東海道五十三次のように東京から始まり、九州に飛び、さらに北海道に移る「日本縦断」の物語だった。「(松本清張は)九州の方言を使い、ローカリティーというか、地方性をしっかりととらえた最初の作家となった」。

いまでこそトラベル・ミステリは一ジャンルとして確立しているが、当時は実に新鮮だった。ちょうど日本の社会が高度成長期に入り、人々が旅行を楽しむ余裕を持てるようになったことも『点と線』がベストセラーになった一因だろう。『点と線』が、旅行雑誌「旅」に連載されたのはその意味で面白い。

『砂の器』で一躍知られるようになった島根県の亀嵩《かめだけ》のように、清張作品には、地図をよく探さないと見つからないような小さな町や土地がよく登場する。

「駅路」の広島県の可部、「陸行水行」の大分県の安心院《あじむ》（最近、鏝絵《こて》で知られるようになった）、『渡された場面』の佐賀県の呼子（作中では坊城《ぼうじょう》）、『Dの複合』の京都府の木津温泉、「遠くからの声」の福岡県幸袋《こうぶくろ》、『黒い樹海』の山梨県の波高島《はだかじま》、『風の視線』の青森県十三潟、挙げてゆくと多数ある。

井上ひさしのいう「地方性」のあらわれである。清張ミステリでは、犯人がよく移動する。その結果、日本のさまざまな町が登場する。『点と線』などその典型だろう。犯人が完全犯罪を狙って移動を企てるのだが、短篇「拐帯行《かいたいこう》」のように、会社の金を着服した若い男が、恋人と共に東京から熊本県の日奈久《ひなぐ》まで逃避行を続ける物語もある。あるいは『渡された場面』のように、九州のある町で起きた事件と、四国の別の町で起きたまったく別の事件が思いもかけないところから結びつくこともある。

『砂の器』のように、刑事が被害者の足跡をたどって東北から山陰までこつこつと旅する場合もある。「巨人の磯」のように、大学の先生が偶然に立ち寄った茨城県の大洗海岸で事件に遭遇することもある。

清張作品の舞台は日本全国に及んでいる。『点と線』をはじめ、「或る「小倉日記」伝」や杉田久女をめぐる「菊枕」、あるいは「黒地の絵」のように、出身地の九州を舞台にしたものは特に多い。逆に北海道は少ない。

そういうバラつきはあるものの、清張作品といえば地方であり、作品を読む時には地図が欠かせない。『Dの複合』や『内海の輪』のように作品のなかに地図が掲載されるものもある。

なぜこんなに地方の町が登場するのか。

ひとつには、松本清張が昭和三十年代という高度経済成長期の作家だったことがある。高度経済成長期とは、人口の移動、とりわけ地方から東京や大阪などのような大都市へ、若年労働者が出て来た時代である。

日本の長い歴史のなかで、短期間にこれだけ集中的に人口が移動した時代はなかったのではないか。松本清張自身が、昭和二十八年、四十四歳の時に、九州の小倉から東京に出て来ている。

「張込み」の犯人は、九州から東京に出て来て、東京で働いていたがうまくいかず佐賀市（作中ではS市）に戻ったところを張込み中の刑事に逮捕される。故郷―東京―故郷という移動が物語の背景にある。高度経済成長期に、経済的理由で出郷した若者が東京で挫折し、かつての恋人のいる佐賀に戻ろうとする。「張込み」は、高度経済成長期の挫折した若者の物語と読むことが出来る。

もうひとつ。松本清張の「地方性」を支えていたものに、考古学への関心がある。『時間の習俗』『Dの複合』という二つの長篇に加え、「東経139度線」という傑作短篇がある。古代の神事（鹿の骨を焼いて占い事をする）をいまだに残している神社を調べるとなぜか、越後から関東まで南北を貫く一三九度線上にあるという事実から、一般には知られていない小さな町が浮かび上がってゆく。

この短篇の面白さに惹かれ、先述したように、以前、群馬県の鬼石（冬に咲く桜で知られる）まで出かけたものだった。

高度経済成長期の移動、考古学的関心。松本清張の「地方性」を支えているのは、実はこれだけではない。

加えて、愛人との密会というのがある。清張作品では、経済的にゆとりが出来た中年の男がしばしば、愛人を作る（この点も昭和三十年代の高度経済成長期ならでは）。

愛人との密会は人目を避ける。そのために彼らは生活圏を離れて、ふだん暮している場所とはまったく違うところでしのび逢いをする。『内海の輪』では東京の大学の先生が四国の松山に住む愛人と密会を続ける。水上温泉、尾道、有馬温泉……。地方都市は、彼らにとって人目につかない絶好の隠れ場になる。名短篇「駅路」の可部という町も、愛人たちのひそやかな隠れ家になっている。

それにしてもあれだけ多忙をきわめた人気作家が、これだけ数多くの日本の町を旅し、取材し、作品のなかに取り入れていったのは驚くばかり。「歴史」と同時に「地理」が真底好きだったのだろう。

映画『張込み』の面白さ

松本清張原作の映画は数多い。はじめて映画化された『顔』（一九五七年、大曾根辰保監督）から、リメイク版の『ゼロの焦点』（二〇〇九年、犬童一心監督）まで実に三十六本もの映画が作られている。

松本清張は生前に、映画化された映画のなかでとくに気に入っているものとして次の三本を挙げている。

野村芳太郎監督『張込み』（一九五八年）、堀川弘通監督『黒い画集　あるサラリーマンの証言』（一九六〇年）、野村芳太郎監督『砂の器』（一九七四年）。「キネマ旬報」のベストテンではそれぞれ八位、二位、二位に選ばれている。『張込み』は清張作品の映画化では、『顔』に次いで二作目になる。

映画評論家の佐藤忠男氏が指摘しているように、この作品の成功によって「松本清張原作の映画化ということが映画の重要な鉱脈として注目されるようになった」（「松本清張研究」第十三号）。

清張映画として重要であることが分かる。何よりも作品が面白い。この映画を詳細に見てゆくことで映画と原作との関係、映像の持つ活字とは違う面白さを考えてみたい。

松本清張の「張込み」は「小説新潮」の昭和三十年（一九五五）十二月号に発表された。犯人ははじめから分かっている倒叙物になる。

新潮文庫版で三十ページ弱と短い。題名どおり、刑事による張込みを描いている。東京の目黒で強盗殺人事件が起きる。犯人の一人は逮捕されたが、もう一人は逃げている。九州のS市にいる、いまは人の妻になっている昔の恋人のところにたちまわる可能性がある。東京から刑事が一人、S市に行き、その女性を見張ることになる。

松本清張の推理小説の特色のひとつは、名探偵が天才的な推理によって難事件を解決するという従来の謎解きとは違って、平凡な刑事がこつこつと足を使って地道に捜査を進めてゆくこと。現実感が強い。

刑事が事件を追う。現在、刑事ものと呼ばれるこのジャンルの映画では、昭和二十四年（一九四九）に公開された黒澤明監督の『野良犬』が早い（脚本は黒澤明と菊島隆三）。ピストルを奪われた若い刑事（三船敏郎）が、ベテランの刑事（志村喬）と共に犯人（木村功）を追う。刑事ものはこの映画に始まったといっていい。「張込み」を書いた時、松本清張は『野良犬』を意識したのではないか。

映画『張込み』は昭和三十三年（一九五八）に松竹で作られた。監督は野村芳太郎。この映画で名をあげ、このあと清張作品、『ゼロの焦点』（一九六一年）、『影の車』（一九七〇年）、『砂の器』（一九七四年）、『鬼畜』（一九七八年）、『わるいやつら』（一九八〇年）、『疑惑』（一九八二年）、『迷走地図』（一九八三年）を手がけ、清張作品といえば野村芳太郎という定評が生まれた。

脚本は黒澤明監督の『羅生門』（一九五〇年）でデビューした橋本忍。本作で高い評価を得て、このあと清張作品として『黒い画集　あるサラリーマンの証言』『ゼロの焦点』『霧の旗』『影の車』『砂の器』の脚本を書く。このうち『ゼロの焦点』と『砂の器』は山田洋次との共同。山田洋次は『張込み』には助監督についている。

原作と映画にはいくつかの違いがある。

まず原作では、張込みをする刑事は一人だが、映画では二人になっている。原作は視点人物である一人の刑事のモノローグで語られてゆくのに対し、映画は二人の刑事のダイアローグで進められてゆく。

原作は短篇であるのに対し、映画は百十六分と二時間近くある。モノローグだけでは単調になってしまう。そこで刑事を二人にし、ダイアローグを入れてゆく。しかも二人は、若い刑事（大木実）とベテランの刑事（宮口精二）と役割分担が出来ている。これは黒澤明監督『野良犬』における二人の刑事の組合わせを思わせる。また実際に刑事は二人で行動することが多いという現実の反映だろう。

二人の刑事が張込みをすることになるが、視点人物は原作と同じで、大木実演じる若い刑事。そのために、映画ではこの刑事のモノローグを大木実によって語らせている。

脚本の橋本忍は、こう語っている。「映画で大事なのは、だれの目で見るかということです。観客の目で見るのが客観で、登場人物のだれかの目で見るのが主観。「張込み」は一人の刑事の主観、一人称でずっと撮っている（略）」（DVD『張込み』小学館）。

一般に文学作品は「主観」（モノローグ）であることは多いが（私小説はその典型）、映画はカメラが、主人公と同時に相手の人間も平等にとらえるため「主観」は難しい。「客観」にならざるを得ない。

映画『張込み』はその点で珍しく「主観」で徹底している。ほとんどすべての画面が大木実の若い刑事の目でとらえられている（従って回想場面も含めてほとんどの場面に大木実が出ている）。

ただ前述したように原作と違い刑事を二人登場させている。そこでより視点人物を鮮明にするために随所に大木実のナレーションが入る。これで観客はこの映画は若い刑事の視点で作られていると了解出来る。

映画は本来、言葉ではなく映像によって表現するものだから、主人公の心のなかを言葉で説明してしまうのは、映画の手法としては無理があるが、この映画の場合は、「主観」の強調には役立っている。

この映画は冒頭から素晴しい。

二人の刑事が横浜駅から鹿児島行き夜行列車に乗り込む。列車は東海道線を下り、山陽本線を走り、九州に入る。原作では「S市」だが、映画では「佐賀市」と明示される。実際、佐賀市とその周辺でロケされていて、それが効果を挙げている。

横浜を夜遅く出た列車が佐賀に着くのは翌日の夜遅く。ほぼ二十四時間かかっている。昭和三十年代、九州はいかに遠かったか。その距離感を出すためには映画は二人の刑事の列車の旅をえんえんと見せる。約十一分。

佐賀に着いたところではじめて『張込み』とタイトルが出る。タイトルの前（アヴァン・タイトル）がこんなに長いのは、現在では珍しくないが昭和三十年代にはほとんど例がなく、新鮮。十分以上続くのに退屈しない。それどころか画面にひきつけられるのは何よりも鉄道の旅だから。

映画というモーション・ピクチュア（動く絵）には鉄道がよく合う。映画の誕生といわれる一八九五年にフランスのリュミエール兄弟によって作られた『列車の到着』は、蒸気機関車が駅（南仏のラ・シオタ駅）に入ってくるところをカメラでとらえた一分足らずの作品だったが、「動くものをとらえた」映像が、「動くものを見たい」観客に驚きを与えた。

アメリカの最初の劇映画とされる一九〇三年に作られたエドウィン・S・ポーターの『大列車強盗』も開拓時代の西部を走る列車を強盗が襲う。鉄道が主役といってよかった。

映画『張込み』のアヴァン・タイトルでも走る列車をさまざまな角度からとらえる。モノクロ・ワイドの画面を列車が走る。横長の画面をフルに使って列車が走る姿をとらえる。当時、まだ電化されていなかった山陽本線の海沿いを蒸気機関車が走る姿は、鉄道ファンならずともわくわくするだろう。

鉄道による長い旅という動く絵は、観客を物語に引きこむ絶妙の導入部になっている。

長いアヴァン・タイトルが終わり、佐賀市に入った二人の刑事は張込みを開始する。

犯人のかつての恋人は、いまは年の離れた銀行員の後妻になり三人の小さな子供を育てている。演じているのは高峰秀子。

女性の家の前におあつらえ向きに商人宿があり、二人の刑事はその旅館の二階に泊り、そこから女性の家を見張り、犯人（田村高廣）が現れるのを待つことになる。その七日間の物語である。

張込むわけだから、当然、二人の刑事は部屋に居続けることになる。たまに買い物に行く女性を尾行する時に外に出るくらい。

列車の長い旅という動く絵のあとには、動かない絵が続くことになる。動から静への転換。これによって刑事の仕事がいかに地味であるかを見せてゆく。

二階の窓から向いの家を見張る。

上と下の画面構成が静かな絵のなかのアクセントになる。若い刑事の大木実は窓際に座り、障子の隙間を通して、高峰秀子を見下す形になる。

相手に気づかれてはいけないから障子を閉じるようにしてわずかな隙間から下を見る。障子が窓の役割を果たす。映画はカメラという窓を通して風景をとらえる。なんでもない目の前の風景が、カメラという枠のなかにおさまることで特別な風景として立ち上がる。映画とは窓を通して風景を見ることと定義してもいい。刑事の大木実が、女性とその家を見ているのはまさに映画のカメラの動きと同じことになる。

ここでは視線が大事になる。映画のカメラの視線と、「主観」、視点人物である大木実の視線が重なり合う。『張込み』というタイトルが出るところでは、大木実の目だけが大きくクローズ・アップされる。この映画は視線の映画であることを暗示している。活字以上に映像は見ることに適している。

実際、この映画では、大木実は回想シーンを除いては、ほとんどいつも高峰秀子を見ている。見る人に徹している。

一方、高峰秀子は徹底して見られる人である。カメラが客観的に第三者の視線で高峰秀子をとらえることはない。つねに、刑事の目でとらえられている。

朝、出勤してゆく夫（清水将夫）と学校に行く子供たちを見送る。家のなかを掃除する。ミシンを踏む。庭で洗濯物を干す。買物に出る。

すべて刑事の視線でとらえられている。原作でもこの女性は刑事の一人称で語られているが、映像のほうがはるかに効果的で、観客は次第に大木実と同じように、自分もまたこの女性を特別に見る状態になってゆく。

四六時中、女性をひそかに見る。いわば窃視する。それが続くうちに、若い刑事は、次第にこの女性に感情移入してゆく。

彼女は二十代後半か。金に細かく、暮しのこまごまとしたことにうるさい夫に黙ってつかえている。子供たちにはやさしい。平凡な主婦という印象で、殺人を犯したかつての恋人が訪ねてきそうな女性には見えない。

白いブラウスにスカート。エプロン。服装もいたって地味。若いころに恋愛したことがあるようには見えない。淡々と単調な日常の暮しをしている。

そんな女性が、観客に次第に美しく思えてくる。刑事というより、若い男性によって終始見られているから。観客も、彼の視線に、自分の視線を重ね合わせている。いわば視線のエロチシズムというものが生まれてゆく。

実際、この映画の高峰秀子は美しい。二人の刑事に見られる女として、その美しさが際立ってくる。若い刑事は、この女性を見続けているうちに明らかに胸がさわぎ始める。だから、回想シーンで、東京にいる恋人（高千穂ひづる）のことを考える。恋人と、見つめている女性が微妙に重なり合う。

原作では季節は秋だが、映画では夏。

まだクーラーなどない時代。二人の刑事はうだるような暑さの部屋のなかで張込みを続けなければならない。扇風機がひとつだけあるが、それでは暑さをしのげない。

下着姿になった刑事の身体から汗が吹き出る（大木実が着ているランニング・シャツが時代を感じさせて懐かしい）。額の汗を何度も拭う。黒澤明『野良犬』がやはり夏の物語で、刑事の三船敏郎をはじめ登場人物の全員が汗にまみれていたことを思わせる。流れ出る刑事の汗、それを拭う動きは、犯人が現われるのをただ待つしかない刑事の焦燥感をよくあらわしている。それがサスペンスを盛上げる。

刑事たちが暑さしのぎで食べるスイカや氷のかちわりは一服の清涼剤になる。モノクロなため汗が汚く見えない。照明の苦労がうかがえる。

部屋のなかで汗だくになって張込む。その静の場面が最初にまず動く。単調な生活を繰返していた女性が、その日、珍しく外出する。白いブラウスとスカートから一転してよそゆきの着物姿に変わっている。夏の暑い日なので白い日傘を持っている。

犯人から呼び出されひそかに会いに行くのではないか。二人の刑事は尾行を始める。女性はバスに乗る。バスが市内を出ると、田畑の続く農村風景が広がる。小さなバス停で降りると彼女は日傘をさして田のなかの一本道を歩いてゆく。カメラはその姿を遠景でとらえる。

それまで暑い部屋のなかの静の場面が続いたので、この場面は一気に広々とした田園が迫ってくる。田舎の一本道。日傘をさした女性。彼女を追う二人の刑事。シネマスコープの横に長い画面が一本道を左から右へと歩く日傘をさした女性を美しくとらえる。どこか印象派の絵を思わせる。ここでも高峰秀子は見つめられる女性になっている。カメラは大木実の「主観」になって一本道を歩く彼女を見つめ続ける。

じりじりと照りつける太陽のなか、女性の白い日傘がその暑さを和らげる。照りつける夏の太陽の下で日傘の白が清潔な美しさを見せる。橋本忍は、『張込み』のなかでこの場面がいちばん好きだと言っている。

外出した女性は犯人に会いに行ったわけではなかった。農家で行われた葬式に夫の代理として出かけただけだった。帰ったあと、また単調な主婦の日常が繰返される。一本道の横の構図の広がりはまた障子で仕切られた縦の構図へと戻る。横に長いスクリーンが縦に区切られるのだから息苦しい。

そこにまた動きが加わる。雨。暑いなか突然、夕立のような強い雨が降り出す。女性が、銀行にいる夫にとどけるのだろう、傘と長靴を持って外に出る。若い刑事があとを追う。日傘をさした女性が今度は雨傘をさして土砂降りの雨のなかを歩く。ここもみごとな静から動の変換。次々に水たまりが出来てくる一本道、その手前の掘割。上から降ってくる雨という縦の構図と、道と掘割の横の構図の対比が画面を引き締める。

この場面は原作にはない。雨という自然現象をうまく映画のなかに取り入れている。雨の多い日本では、映画のなかでよく雨を降らせる（CG時代の今日でも雨の場面は、昔ながらにホースで水を撒き雨を作る）。黒澤明は『七人の侍』の村人たちと野盗との戦いのクライマックスに盛大な雨を降らせた。雨のなかの死闘となった。これがアメリカの映画人を驚かせた。カリフォルニアのハリウッドは雨が少なく、映画人にとっては雨は撮影の邪魔と考えられていたから。黒澤明はそれを逆手に取った。

土砂降りの雨のなかを傘をさした高峰秀子が歩く。いつものように白いブラウスにスカート、エプロンという地味な服装をしている。この日は雨なので下駄を履いている。その下駄の鼻緒が切れてしまう。彼女は難儀しながら近くの民家の門の下に入ると、なんとか鼻緒をすげる。それを若い刑事が少し離れたところから見る。ここにも視線のエロチシズムがある。

黒澤明監督『姿三四郎』で三四郎（藤田進）と小夜（轟夕起子）の愛情が下駄の鼻緒のすげかえに始まったことを思い起こさせる。

ひとりで鼻緒をすげかえる高峰秀子を刑事の大木実がじっと見つめる。ここでも見つめられることで、高峰秀子が美しく見えてくる。平凡な主婦のなりをしているのに。この瞬間、刑事は明らかに彼女に恋をしている。言葉にはならない、視線による恋愛が生まれている。原作では女性への同情はあっても愛情はない。映画では見ること、見続けることから生まれた愛情が隠し味になる。

カメラというもう一つの目がもたらす映像ならではの効果である。

張込み七日目。物語が大きく動く。女性が再び着物姿で日傘をさして外出する。若い刑事があとを追う。ここから最後の犯人逮捕までこれまでの静かな場面から一転して動く絵の連続になる。モーション・ピクチュアの真骨頂である。

町では夏祭りが行われて大勢の人が出ている。その雑踏のなかで刑事は女性を見失ってしまう。現実に佐賀市の祭りの時に撮影されていて群衆のなかで日傘の女性を必死に探す刑事の焦りがあらわになる。それは恋する女性の行方を追う男の必死さでもある。

ようやく刑事は、女性が山の温泉場に向かうバスに乗ったと知り、タクシーでバスを追う。いまふうに言えばカー・チェイスになる。驚くのは、カメラが一瞬、田舎の一本道を走るところを大俯瞰でとらえるところ。空撮なのだが、それまでの「主観」がここでだけ、まるで天上からの「神の目」のようになる。映像ならではの技法。クローズ・アップやストップ・モーションと同じように、俯瞰は人間の目が普通とらえない風景を見せる。見たこともない風景を見せる。これも活字にはない映像の特質である。ただこれらの技法は多用すると新鮮さを失う。『張込み』でも俯瞰は一瞬だから効果を上げている。碁盤の目のような田のなかを一本道が横切っていて、そこを豆粒のような車が横に長い画面の左から右へと走る。映像にしか出来ないみごとな構図になっている。

刑事は終点の集落でようやくバスに追いつくが、車掌に聞くと（この時代、バスには若い女性の車掌がいた）、女性は若い男と山のほうへ行ったという。刑事はそのあとを追って山に入る。林に入りこむ。カメラは木々のあいだからさしこむ光をとらえる。黒澤明『羅生門』の、木々のあいだの太陽に向けた斬新なカメラを意識しているのだろう。

林を抜けたあと一気に高原が広がる。ワイドスクリーンいっぱいに広大な高原風景がとらえられる（熊本県に近い大分県の飯田《はんだ》高原で撮影されている）。前半の狭い部屋のなかと対照的。遠景に連なる山々、中景に草原、そしていちばん手前の近景に女性がいた！恋人である犯人と共に。

それまでの地味な女性とは思えないほど生き生きとしている。恋人に抱かれている。原作にはこうある。「あの疲れたような、情熱を感じさせなかった女が燃えているのだった。二十も年上で、吝嗇で、いつも不機嫌そうな夫と、三人の継子に縛られた家族から、この女は、いま解放されている。夢中になってしがみついている」。

二人は青春を取り戻すかのように林のなかで、清流で、草原で戯れる。刑事はそれを見る。女性の変わりように驚いている。ここでも刑事の視線が大事になる。

男はピストルを持っている。刑事はそれを警戒している。その緊迫した場面に、どこからか子供たちが歌う歌声が聞えてくる。〽忘れがたきふるさと……。犯人逮捕劇と唱歌という意表を突く組合せ。これは映画音楽における対位法として知られる。古くはジュリアン・デュヴィヴィエ監督の『望郷』（一九三七年）で、仲間を裏切った男が制裁を受ける場面。殴られた男が倒れ、ミュージック・ボックスにぶつかる。そのとたん場面には不似合いな明るい音楽が流れ出す。

日本映画では黒澤明監督『野良犬』がよく知られる。東京郊外での犯人逮捕のクライマックスで、近くの文化住宅から若い主婦の弾くのどかなピアノの音が聞こえてくる。ピストルを持った犯人と子供たちの歌う唱歌。非日常と日常がみごとに対比されている。そして、最後、山の中の温泉宿（大分県の宝泉寺温泉）に入った二人を刑事たちが取り囲み、犯人を逮捕する。残された女性を、終始、彼女を見つめていた（女性のほうは自分が見られていたことを知らない）刑事が、温情で元の日常に戻してやる。彼女は一瞬の非日常のあとにまた単調な暮しへ戻るしかない。泣き崩れる高峰秀子の姿が哀れを誘う。

以上、見てきたように文庫本でわずか三十ページほどの短篇を映画化した『張込み』が傑作たりえているのは、映像ならではの技法を次々に効果的に使っている結果であることが分かる。映画は最後、事件が解決し、二人の刑事が犯人を連れて東京に戻るところで終わる。佐賀駅から東京行きの上り列車に乗る。鉄道で始まった映画は鉄道で終わる。列車が発車したところでエンドマークが出るのが洒落ている。

『張込み』の風景を追って

映画『張込み』の原作は文庫本で三十ページに満たない短篇だが、それを脚本家の橋本忍がみごとなドラマに仕立てた。松本清張自身、この映画を高く評価していた。

東京の下町の質屋で強盗殺人事件が起る。二人の刑事が事件を調べるうちに、犯人は九州から東京に働きに出て来た若い労働者だとわかる。しかし居場所がわからない。九州の佐賀市にいる昔の恋人（いまは結婚している）のところへ行く可能性がある。二人の刑事は佐賀市へ行き、女の家の近くで張込みをすることになる。

犯人役は田村高廣、刑事は宮口精二と大木実、そして犯人の昔の恋人が高峰秀子（美しい！）。

映画の冒頭、二人の刑事は横浜駅を二十三時六分に出る鹿児島行きの「薩摩」に乗り、佐賀へ向かう。岐阜あたりで夜が明け、その日の夜に佐賀に着く。えんえん一泊二日の旅である。（ちなみに、当時は、東海道本線は電気機関車。山陽本線に入ってからはまだ電化されておらず、蒸気機関車）。

これに倣い、東京駅を十七時五十八分に出る長崎行きの夜行列車「さくら」に乗った。土曜日の夜だというのにガラガラで、車両には私のほかには一人しかいなかった。途中から乗ってくるのかと思ったか、それもなかった。一両に二人。なんだか贅沢な気分になる。広島に朝の五時。夜が明けてくる。山口県の小郡《おごおり》を過ぎ九州に入る。鳥栖《とす》を過ぎるころに大雨が降り始める。雨にけぶった水田の緑が美しい。

列車が佐賀駅に近づく。普通、大きな町に近づくと車窓からはビルばかり見えてくるがここではいつまでも青々とした水田が続いていて、それがどうにか尽きて駅になる。あとで知ったのだが、佐賀市は人口が二十万人を切る。県庁所在地としては少ない。

佐賀駅には朝の十時十六分に着いた。十七時間余の長旅だが、車窓の景色を楽しんでいたためかそれほど疲れはない。『張込み』では二人の刑事が佐賀駅に着いたのは夜だった。映画では駅は木造だったが、さすがにいまはもうビルになっている。一九七六年に改築されたもの。

雨が小降りになったので町を歩く。駅周辺は案外にぎやかではない。南に真直ぐ伸びる大通りを二十分ほど歩くと繁華街になる。鍋島三十六万石の城下町で城跡の周辺に県庁、美術館、図書館など公共の建物が集中している。

松原神社という小さな神社がある。クスノキの大樹がある。藩祖鍋島直茂（法号、日峯《にっぽう》）を祀っているので地元の人には「日峯さん」と呼ばれている。春と秋に祭りがある。「男はつらいよ」シリーズ第四十二作『ぼくの伯父さん』（一九八九年）では、渥美清演じる寅さんがこの神社の秋の祭りにやって来て商売をしている。一方、寅さんの甥の満男（吉岡秀隆）は初恋の女の子（後藤久美子）を追ってオートバイで佐賀市にやって来る。後藤久美子は、熱気球世界大会が開かれるので知られる、佐賀市の西を流れる嘉瀬川《かせがわ》の近くに住んでいるという設定。

松本清張の原作には実は「佐賀市」と明記されていない。「S市」である。それでも九州の町で「堀がいくつも町を流れている」とあるのでそれと分かる。実際、町を歩くと、あちこちに堀が流れている。ただ同じ九州の柳川に比べると小さいし、水が汚れていて、風情には乏しい。近年、それではいけないと堀の復活がいわれていて、松原神社の横を流れる松原川だけはきれいになっている。岸辺には散歩道が整備されている。

映画では、二人の刑事は旅館の二階に部屋を取り、向いの家の女性、高峰秀子を見張るわけだが、あいにく旅館も家もセットなので場所は特定できない。ただ、高峰秀子が買物に行くシーンはロケされていて、その場面を見ると、この松原川の周辺のようだ。

原作に「田舎の静かな小都市である」とあるように人口二十万に満たない町は、いまもなお高い建物は少なくて静かだ。

松原神社の参道の商店街に松川屋という江戸時代から続いている老舗の旅館、料理屋がある。森鷗外『小倉日記』にも登場する。ここは、知人の映画評論家、西村雄一郎さんの実家である。『張込み』のロケ隊はこの旅館に泊まった。そのときのにぎわいを西村さんはよく憶えているという。

旅に出る前、西村さんに電話で『張込み』撮影当時の風景がまだどこかに残っていないかと聞いた。佐賀市内に探すのは無理だが、神崎町《かんざきまち》という隣り町に行けば、かろうじて当時の田園風景が残っているという。

佐賀駅に戻り、バスターミナルから神崎方面に行くバスに乗った。雨は降ったり止んだりしている。スコールのような驟雨が降ったかと思うとこんどはかんかん照りになる。

バスが市内を抜けるとすぐ水田が広がってくる。沼や掘割が多くハスがびっしりと水面を埋めつくしている。

二十分ほどバスに乗り、大町橋《おおまちばし》というバス停で降りた。急に胸騒ぎがした。この風景はどこかで見たことがある。埃っぽい道。水田。一本道。大町橋という橋の袂に、昔ながらの古ぼけた雑貨屋が一軒ある。人の姿は見えない。店の中はカビ臭い。飴や石鹸を並べている。コーラの古い看板が埃をかぶっている。いまどきよくこんな店が残っている。

店の奥は食堂になっている。「大町橋食堂」とある。営業しているのかどうか。おそるおそるなかを覗く。気のよさそうなおかみさんがカウンターのなかに一人。その前で、地元の農家の人らしい男性が生ビールを飲んでいる。カウンターも、醤油で煮しめたように古い。ひょっとすると昔のことを知っているのではと思い、坐って、まずビールを頼む。おでんも何品かみつくろってもらう。

そこでおもむろにおかみさんに『張込み』という昔の映画を知っていますかと聞いてみる。とたんに、おかみさんは元気に、知ってるわよ、高峰秀子でしょ、大木実でしょ、この前の道でロケしたのよ、と話し始める。

これには驚いた。というのは、佐賀市内を歩いたとき、何人かの人に『張込み』について聞いてみたが首をかしげるばかりで、はかばかしい返事を得られなかったから。無理もない。もう四十年以上も前のことなのだ。

ところが「大町橋食堂」のおかみさんは、よく覚えているという。ちょうどこの家に嫁に来たころだ、二日も三日も撮影にきて、大変な騒ぎだった。

『張込み』は真夏の映画である。旅館の部屋で高峰秀子の行動を監視している刑事の宮口精二と大木実はランニングシャツ一枚になって汗だくでいる。連日、太陽が照りつける。ある日、高峰秀子が着物に着替えて外出する。バスに乗って市外の農村に行く。刑事二人がそれを追う。高峰秀子は田圃のなかのバス停で降りて一本道を日傘をさして歩き出す。あたりには雑貨屋がぽつんと一軒あるだけ。

その雑貨屋がここだという。建物はほとんど変わっていない。四十年以上も前の建物がまだ残っていたとは。思わず生ビールをもう一杯注文する。おでんも追加だ。

驟雨が去ってかんかん照りになった。おかみさんに礼をいって外に出る。店の前を、バスが通る道から離れて一本道が北に伸びている。昔よりはだいぶ広くなっているとはいえこの同じ道を、着物姿の高峰秀子が日傘をさして歩いていったのかと思うと心躍る。

『張込み』の高峰秀子は本当に美しい。当時、三十三歳。普通の主婦の役である。白のブラウスにスカートというだけの服装。それでいてかすかな色香さえ感じさせる。それはこの映画の彼女が、いつも二人の男に「見られている」からだろう。男の視線を浴びた女には官能的な美しさがある。大木実など明らかに連日、高峰秀子を見ているうちに心を奪われてゆく。

夏の炎天下、高峰秀子は男二人に尾行されながらそれと知らずに無心で、田舎道を歩く。農家での葬儀に出るために黒い着物を着ているのも美しさを際立たせている。

その同じ道をいま歩いている。夏の青空に白い雲が浮かんでいる。道の両脇には水田が広がる。稲がまだ成長していないのは、麦との二毛作で田植えが遅かったためだろう。

「横武《よこたけ》クリーク公園」という緑豊かな公園がある。

道は長崎本線にぶつかる。踏切りを越える。右に行くと神埼駅。駅の近くに弥生時代最大の遺跡「吉野ヶ里《よしのがり》」がある。『男はつらいよ・ぼくの伯父さん』では、渥美清が後藤久美子と吉岡秀隆とここを訪れている。行ってみたいが、この旅の主題は名所旧跡ではない。あくまでも昔の映画のロケ地探し。高峰秀子はこの一本道を歩いて、農家で行なわれている葬儀に参列した。その家がいまもまだ残っているかどうか。それを知りたい。

長崎本線の野良踏切を渡る。また一本道が続いている。両側はここでも水田が広がっていて、雨を浴びた緑が目に沁みる。

松本清張の夫人はこの近くの出身という。戦争中、ここに疎開した。兵隊から戻った松本清張は、実家に疎開した妻子を迎えに行ってこのあたりの田園風景を目にした。『半生の記』にこうある。

「神崎の町は佐賀平野の中にある。狭い町を通り越してゆくと、一本の川の傍に出る。道はそれに沿って櫨《はぜ》の木の多い平野に人る。山は遠く、見渡す限りの田圃にはいくつもの掘割があった。径《みち》には翼の白い鵠《くぐい》が歩き、高い櫨の樹上にも飛んでいた」

平野、見渡す限りの田圃、掘割。この風景は当時から五十年たったいまも変わらない。

ノウゼンカツラの咲く農家に訪いを入れ、出て来たおかみさんに『張込み』のことを聞いてみた。難なく葬儀のロケに使われた家がわかった。このあたりでは、映画のロケ隊が来たことは大事件であり、年輩の人にとっては忘れられない思い出になっている。映画の黄金時代なればこそだろう。

太陽が雲に隠れて、また土砂降りになる。一瞬、涼風が吹いて心地いい。雨のなか、傘をさして教えられた家に行ってみる。唐香原《からこうばる》という集落の伊東万太郎氏宅。まさに、『張込み』の農家だった。

八十歳を過ぎた伊東氏は、突然の客にも驚くことなく、『張込み』と私が口にしただけで、そうだ、そうだ、ここに高峰秀子が来たとうれしそうにいった。土砂降りの雨があたりを覆い、視界が煙って白くなっていった。

その夜は、佐賀市近郊の川上峡《かわかみきょう》温泉に泊まった。松本清張の原作では、犯人が姿をあらわし、元の恋人と「K温泉」で密会する。この「K温泉」が川上峡温泉という。映画では、二人が会う場面は、大分県の宝泉寺《ほうせんじ》温泉で撮影された。当時すでに、川上峡温泉は、ひなびた感じがなかったからだという。

本当は宝泉寺温泉に行きたかったのだが、明日は、松本清張の故郷である小倉はじめ、ゆかりの下関、門司にまわりたいので時間的に行くのは無理がある。それに宝泉寺には十五年ほど前に月刊誌「旅」の仕事で行っている。当時はまだ、小国《おぐに》線が健在でそれに乗って行った。いまはもう廃線になっている（帰ってからビデオで『張込み』を見直したら、ラスト、大木実が高峰秀子と田村高廣を追うシーンで、小国線の杉木立のなかを走る蒸気機関車の姿がとらえられていた。廃線になってしまったいま貴重な映像資料になっている）。

翌朝、七時に起きた。朝から土砂降りの雨。今日は、松本清張の出世作『点と線』の舞台となった福岡県の香椎《かしい》と、関門海峡を挟んでふたつの文学碑がある下関と門司、そして最後に松本清張の生地、小倉に行く予定。この雨では、町を歩きまわるわけにはいかないだろう。どうするか。躊躇したが、旅の鉄則は、一ヶ所にとどまらずにともかく先に進むこと。進んでいるうちになんとかなる。

雨のなかタクシーで佐賀駅へ。そこから博多へ出て、さらに香椎へ。九州地方を襲っている豪雨のためにダイヤがかなり乱れているがＪＲの香椎の駅に着いたのは、午前十時過ぎ。博多駅から十分ほどで、いまや博多の一部といってもいいにぎわいを見せている。

昭和三十二年に書かれた松本清張のベストセラー『点と線』は、玄界灘に面した香椎の海岸に男女の心中死体が見つかるところから物語が始まる。ちなみにこの小説は「旅」に連載されたもの。時刻表を巧みに使ったミステリの傑作はまさに「旅」にふさわしい。

『点と線』は、昭和三十三年に映画化されている。小林恒夫監督、南広、高峰三枝子、山形勲主演。『張込み』に比べると残念ながら傑作とはいい難いが、それでも、冒頭の香椎の海の寒々とした風景は心に残った。

ＪＲの香椎駅で降りる。新しい駅ビルに変わっている。ケヤキ並木の商店街もおしゃれな店が並び、昭和三十年代の面影はまったくない。しかし、ＪＲの駅から歩いて五分ほどの西鉄香椎駅を見て驚いた。映画『点と線』のままの姿をとどめている。聞けば、戦前の建物らしい。博多周辺は、近年、変貌がはなはだしいが、そのなかで戦前からのこの駅舎は貴重なものだろう。

海はそこから歩いて十分ほど。雨足がまた激しくなる。海岸には人の姿はまったく見えない。雨のなか、玄界灘が黒々と横たわっている。寂しい。『点と線』で、地元の刑事（映画では名傍役の加藤嘉）が、この海辺は寂しすぎる、普通、心中はもっと明るいところでするものだ、なにかおかしい、と重要な疑いを持ったことを思い出す。晴れた日だったら、この寂しさがわからなかったかもしれない。雨のなか旅をしてよかったと思う。

松本清張は、明治四十二年に小倉市に生まれている。生後まもなく両親と共に、下関の壇ノ浦に移り、八歳のときにまた小倉に戻っている。下関に文学碑があると聞いて行ってみた。香椎から小倉に出て、そこで下関行きに乗り換える。関門海峡をくぐる。文学碑は下関駅からバスで海沿いに十五分ほど走った、御裳川《みもすそがわ》公園のなかにある。壇ノ浦の合戦のあったところ。下関と門司を結ぶ大橋、関門橋（昭和四十八年に竣工）の袂にあり、『半生の記』のなかの一文が刻まれている。松本清張は八歳まで、この近くの家に住んでいたという。

雨は小降りになってきた。対岸の門司に行こうとタクシーを停めたら、運転手が、お客さん、観光でしょ、門司までだったら下のトンネル歩けますよという。これは知らなかった。なるほど、関門橋の下がトンネルになっていて（昭和三十三年開通）、上が自動車道、下が人道の二階建てになっている。

そこを歩いて対岸の門司に行くことにした。トンネルの長さはわずか八百メートルほど。十二、三分で歩けてしまう。トンネルの真中が福岡県と山口県の県境になっている。途中で、修学旅行中の小学生の一団に会った。

トンネルを出たところに和布利《めかり》神社がある。『半生の記』に「（下関の）家の裏に出ると、渦潮の巻く瀬戸を船が上下した。対岸の目と鼻の先には和布利神社があった。山を背に鬱蒼とした森に囲まれ、中から神社の甍《いらか》などが夕陽に光ったりした」とあるところ。ここにも松本清張の文学碑があり、この神社を舞台にした『時間の習俗』の一文が刻まれている。二つの文学碑が関門海峡を挟んで建てられているのが面白い。

神社近くの茶店で、関門橋を眺めながらビールを飲む。おでんを頼む。牛のスジを煮込んだのがうまい。雨もどうやら上がったようだ。

歩いて門司港駅に出る。大正時代に出来た駅舎は素晴らしく、これまで何度か見に来たことがある。終着駅というものが少なくなっているいま、この駅は、門司で終わり、レールはこの先なし、という文字通りの終着駅。果ての風景が印象に深い。ここはまた、林芙美子の生地でもある。林芙美子は、当初、下関の生まれとされていた。それが近年の研究で門司とわかった。だから林芙美子の生誕の碑は下関と門司の二ヶ所にある。放浪の作家らしい。

門司港から小倉駅に着いたのは三時過ぎ。一日でずいぶんあちこち歩いた気がする。雨はもう上がっている。小倉は活気のある町だ。佐賀市よりもはるかに大きい。モノレールが市中を走っている。珍しいので乗ってみる。上から見ると、えんえんとビルが続いている。終点まで行って、また戻ってくる。

小倉ゆかりの文学者といえばなんといっても森鷗外。明治三十二年から四年間、軍医として小倉に滞在した。市内の中心、東京でいえば歌舞伎町のような繁華街に、鷗外の旧宅が保存されている。市内を流れる紫川《むらさきがわ》には、鷗外橋と名づけられた小さな人道橋もある。「オーガイ・ストリート」という商店街まであった。

小倉生まれの松本清張は、当然、鷗外に興味を持った。昭和二十八年に芥川賞を受賞した「或る「小倉日記」伝」は、小倉に住む無名の鷗外研究家の物語である。小倉時代の鷗外の「女中」を描いた「鷗外の婢《ひ》」という作品も書いている。

町の中央を紫川が流れる。両岸は美しく整備されている。岸辺に小倉城がたち、その城内に、現在、来年（一九九八年八月）の開館を目指して、松本清張文学館が建設中。下関、門司の文学碑といい、地元で大事にされている松本清張は幸福な作家だ。

松本清張の父親は、さまざまな職業を転々とした。小倉では市内の旦過橋《たんがばし》の上で塩鮭の立ち売りをした。『半生の記』に「それは市場から帰る客を目当てにしたものだが、市場のものよりはいくらか安かったとみえ、予想外の商売になったらしい」と、ある。

この「市場」は現在も、紫川に合流する神岳川《かんたけがわ》に沿って「旦過市場」として健在。三百メートルほどの路地に、魚屋、八百屋、総菜屋など二百を超える小さな店がびっしりと並ぶ。小倉を舞台にした『無法松の一生』のあの男気あふれる車夫を思わせるような気っぷのいい店の男たちが、買い物客に大きな声で呼びかける。活気にあふれていて、一日中あちこち歩いた疲れも吹き飛んでしまう。

魚屋には、かみなりアジという、アジに辛子明太子をまぶしたいかにもピリリと辛そうな魚がある。クジラの専門店がある。安くて旨そうな鮨屋がある。当然、どこも個人商店である。大型スーパーはじめチェーン店ばかりが目立つ時代、こういう商店街が残っているのはうれしい。

今晩はここの鮨屋に入り、ホテルに帰ったら「張込み」と『点と線』を読み直すことにしよう。

あとがき

松本清張の、主として昭和三十年代に書かれたミステリを論じている。それに清張原作の映画についても加えている。

清張が活躍をはじめたのは昭和三十年代からで、当然、その作品には当時の時代状況、生活風俗が反映されている。本書はそこに着目している。

昭和三十年代は、高度経済成長期と重なる。終戦後の混乱期がようやく終わり、日本の社会が大きく経済成長を始めた。日々、豊かさが実感される時代だった。

しかし、他方では、急激な社会の変化で歪みも生じていた。東京をはじめとする大都市への一極集中が始まり、地方からの人口流出が始まっていた。若年労働者が農村から都市へと移り住み、そこで経済的格差に遭遇した。現在の格差社会はすでに昭和三十年代に起きていた。現在に比べれば職業は限られていたが、女性の社会進出も始まっていた。そこには男女間の格差が生じていた。

また、昭和三十年代は戦争の傷跡が残っている時代でもあった。戦争体験を忘れられない戦中派、復員兵や戦争未亡人、あるいは焼跡闇市時代を生きた街娼。経済成長によって豊かさへと向かう社会の隅には、まだ戦争の暗い影が残っていた。

松本清張は、犯罪という非日常を通して、昭和三十年代の日常に潜む負の部分――、格差社会の歪み、女性差別、戦争の記憶、を描いていった。まさに昭和三十年代という時代のただなかで生きた作家だった。清張ミステリは昭和三十年代という時代抜きには考えられない。昭和三十九年の東京オリンピックがその総仕上げとなったが、昭和三十年代はとりわけ東京への一極集中が進んだ。

清張は東京という中心を見る時、地方という周縁を忘れることはなかった。地方から東京を見る。その結果、高度経済成長時代の歪みをとらえてゆく。犯罪は、そこではしばしば弱者の強者への復讐になる。「悲しい犯罪」になる。

松本清張は犯罪の動機を重視した。その動機の多くは、格差社会の矛盾と関わっている。清張ミステリが現代でもなお広く読まれているのはそのためだろう。

東京をつねに地方から見る。井上ひさしは清張文学の特色のひとつとして「地方性」を挙げたが、その作品の多くは地方を舞台にしている。犯人を追う刑事たちは地方へ出かけてゆく。旅の物語になる。

清張ミステリは現在のトラベル・ミステリの草分けといっていい。清張ミステリを読む面白さのひとつは、一般には知られていない日本の小さな町や村、あるいはローカル鉄道が描かれていて、読者が主人公と同じように旅をしている気分になれるところにある。

実際、旅好きの人間は、清張ミステリを読むと、その描かれた小さな町、「陸行水行《りくこうすいこう》」の大分県の安心院《あじむ》や、『Dの複合』の京都府の木津温泉、「駅路《えきろ》」の広島県の可部などに行きたくなる。以前、ＪＴＢ時代の月刊誌「旅」に書いた「『張込み』の風景を追って」を再録したのは、そんな思いから。

ミステリ評論では、結末を明かさないことが決まりになっているが、本書の場合、新作ミステリではないので、明かしているところもある。読者も結末は先刻ご承知のことと思うのでお許し願いたい。

これまでさまざまな雑誌などに松本清張について書いてきた。それを「一冊の本にしませんか」と提案してくれたのは、フリー編集者の山田英生さん。なるほど、気がついてみると自分でも驚くほど清張について書いていた。それに今回、新たに書き下ろしも加えた。一冊にまとめてくれた山田英生さんと、毎日新聞出版の宮里潤さんに厚く御礼申し上げる。

二〇一九年二月

川本三郎

初出一覧

第1章　東京へのまなざし

初期作品に見る敗れゆく者たち　「松本清張研究」14号（北九州市立松本清張記念館、二〇一三年三月）
風景の複合　「松本清張研究」4号（北九州市立松本清張記念館、二〇〇三年三月）
地方から東京を見るまなざし　『ミステリと東京』（平凡社、二〇〇七年一〇月）
抑留された夫の帰りを待つ女　書き下ろし
物語の生まれる場所、甲州　書き下ろし

第2章　昭和の光と影

東京地図から浮かび上がる犯罪　『ミステリと東京』（平凡社、二〇〇七年一〇月）
昭和三十年代の光と影　『ミステリと東京』（平凡社、二〇〇七年一〇月）
働く女性の殺人　書き下ろし
小説が書けなくなった作家、時代から忘れられた作家　書き下ろし

第3章　清張映画の世界

ミステリを越えた物語――『砂の器』『DVD BOOK　松本清張傑作映画ベスト10』1（小学館、二〇〇九年九月）

戦後の混乱がもたらした事件――『ゼロの焦点』 同2（小学館、二〇〇九年一一月）
悲劇に終わった少年の性の目ざめ――『天城越え』 同3（小学館、二〇〇九年一二月）
弱い女性による復讐の悲しさ――『霧の旗』 同5（小学館、二〇一〇年二月）
絶望と罪悪感に揺れる父の姿――『鬼畜』 同6（小学館、二〇一〇年三月）
「明るい悪女」とエリートの対決――『疑惑』 同8（小学館、二〇一〇年五月）
詐欺事件の謎を追う素人探偵の旅――『眼の壁』 同9（小学館、二〇一〇年六月）
子供の姿に過去の自分を見た男――『影の車』 同10（小学館、二〇一〇年七月）
思わぬ偽証で破滅する男――『黒い画集 あるサラリーマンの証言』 書き下ろし

第4章 清張作品への旅

松本清張の「地方性」 『小説家たちの休日 昭和文壇実録』（文藝春秋、二〇一〇年八月、「松本清張」を改題）
映画『張込み』の面白さ 『映画の戦後』（七つ森書館、二〇一五年五月、「文学と映画――松本清張原作『張込み』を見る」を改題）
『張込み』の風景を追って 『日本映画を歩く』（JTB、一九九八年八月、「「張込み」の風景を追って佐賀から香椎、小倉へ」を改題）

川本三郎（かわもと・さぶろう）
1944年東京生まれ。評論家。著書に『大正幻影』（サントリー学芸賞受賞）、『荷風と東京』（読売文学賞受賞）、『林芙美子の昭和』（毎日出版文化賞、桑原武夫学芸賞受賞）、『郊外の文学誌』、『小説を、映画を、鉄道が走る』（交通図書賞受賞）、『時には漫画の話を』、『あの映画に、この鉄道』など多数。

東京《とうきょう》は遠《とお》かった　改《あらた》めて読《よ》む松本清張《まつもとせいちょう》

印　刷　2019年３月15日
発　行　2019年３月30日
著　者　川本《かわもと》 三郎《さぶろう》
編集協力　山田《やまだ》 英生《ひでお》
発行人　黒川昭良
発行所　毎日新聞出版
〒102-0074
東京都千代田区九段南1-6-17　千代田会館5F
営業本部　03-6265-6941
図書第一編集部　03-6265-6745
印刷・製本　中央精版印刷

ISBN 978-4-620-32579-8